价值观故事书系◎

志趣

栾传大 主编

李 娇 编著

吉林文史出版社

图书在版编目（CIP）数据

志趣/栾传大编著.—长春:吉林文史出版社,2014.7（2023.4重印）
（价值观故事书系）
ISBN 978-7-5472-2261-4

Ⅰ.①志… Ⅱ.①栾… Ⅲ.①品德教育－中国－通俗读物Ⅳ.①D648-49

中国版本图书馆CIP数据核字(2014)第147888号

丛 书 名　价值观故事书系

　　　　　ZHIQU
书　 名　**志　趣**

编　 著　栾传大
责任编辑　张雅婷
装帧设计　博雅工作室
出版发行　吉林文史出版社有限责任公司
地　 址　长春市福祉大路5788号
印　 刷　天津市天玺印务有限公司
开　 本　690mm×960mm　1/16
印　 张　10
字　 数　250千
版　 次　2014年7月第1版
印　 次　2023年4月第5次印刷
书　 号　ISBN 978-7-5472-2261-4
定　 价　38.00元

序

　　价值观是指一个人对周围的客观事物的意义、重要性的总评价和总看法。价值观深刻影响着每个社会成员的思想观念、思维方式、行为规范，是人们思想上精神上的灵魂旗帜。

　　现在，思想领域日趋多元、多样、多变，各种思潮此起彼伏，各种观念交相杂陈，不同价值取向同时并存，所有这些表现出来的是具体利益、观念观点之争，但折射出来的是价值观的分歧。历史和现实一再表明，只有建立共同的价值目标，一个国家和民族才会有赖以维系的精神纽带，才会有统一的意志和行动，才能产生强大的凝聚力、向心力。实现中华民族伟大复兴，是中华民族近代以来最伟大的梦想。伟大的梦想，需要有正确的价值观做支撑。这是我们凝心聚力的兴国之魂、强国之魂。

　　价值观属于文化的范畴，不可能脱离特定的历史文化传统。我们的价值观必须扎根于中华历史文化土壤，传承中国传统价值观的精华。核心价值观一定是在一个国家、民族长期发展中孕育形成的，反映着这个国家、民族的文化积淀、思想结晶。提炼、概括社会主义核心价值观，必须把传统价值观念作为基本的价值观资源，赋予其符合时代要求的新内涵、新诠释，在具体表述上也要尽可能体现中华文化特色，使社会主义核心价值观烙上中华文化的精神印记，展示出浑厚深沉的历史韵味和中国气派。

　　本书系分为《富强》《文明》《和谐》《公正》《法制》《爱国》《敬业》

《诚信》《友善》《勤学》《清廉》《修身》《智慧》《勇敢》《求是》《志趣》《荣辱》《民主》《自由》《实干》等 20 个部分，是从党的"十八大报告"中概括社会主义核心价值观的十二个关键词的基础上发展而来的。选取了中华文明史上的经典故事，对价值观的各个方面做出了形象生动的阐释。故事中蕴含着高尚的民族情感、崇高的民族气节、良好的民族品质，充分体现了中华民族在处理人与自然、人与社会、人与他人之间关系的基本价值观。既高度概括，简洁明快，又深入浅出，喜闻乐见；既亲切入理，凝聚共识，又符合历史，合乎实践。我们希望本书系能够产生友善的亲和力、广泛的感召力、强大的凝聚力和持久的引导力，为每个社会成员树立正确的价值观贡献一份绵薄之力。

编　者

目 录

愚公移山

传说很久很久以前，在冀州的南面、洛阳的北面，有两座高耸入云的大山，一座叫太行山，另一座叫王屋山，方圆有七百多里，高达几万尺。在山脚下住着一户人家，家里有一位名叫愚公的老人，年纪已经快 90 岁了。由于他的家正对着两座大山，出去的路被大山完全阻隔，每次出入都要翻山越岭，非常不方便。

有一天，愚公把全家人召集到一起，对他们说道："这两座大山，挡住了我们的家门，使你们每次出去都要走许多冤枉路，我们不如全家一起出力，移走这两座大山，开凿出一条大路，你们看怎么样？"愚公的儿子、孙子们一听，都觉得是一件好事，便赞成地说："您说得对，要是移走这两座大山，大家出去就方便了，我们明天就动手吧！"可是，愚公的妻子觉得搬走两座大山太难了，她提出疑问说："咱们既然已经在这里生活了许多年，为什么不能这样继续生活下去呢？况且，这么大的两座山，就凭你这点力气，就是像魁父那样的小山包，恐怕都搬不掉，又能把太行、王屋这两座大山怎么样呢？即使可以一点点地移走，哪里又放得下这么多石头和泥土？"愚公妻子的话立刻引起大家的议论，这确实是一个问题，把这些石土运到哪呢？最后大家一致决定，把山上的石头和泥土运送到渤海里去。

第二天，愚公就带着一家人开始搬山了，他们凿石头、挖土块，再用簸箕和筐子把石土运到渤海去。大山与大海之间相距遥远，从冬到夏，他

们才能往返一次，一个月干下来，大山看起来跟原来没什么变化。愚公家搬山的事，惊动了邻居，邻居是一位寡妇，她有一个儿子，才七八岁，听说要搬山，也高高兴兴地来帮忙。黄河边上住着一个老头，人称智叟，为人处事很精明，他看见愚公一家人搬山，觉得十分可笑，便以嘲笑的语气劝阻愚公说："你怎么傻到这种地步呀！就凭你这把年纪，这么点儿力气，要拔掉山上的一根树都不容易办到，又怎么能搬掉这么多的山石土块呢？"愚公长叹了一口气，说："你名字叫智叟，可我觉得你连那寡妇的小孩都不如！我虽然快要死了，可是我还有儿子呢！儿子又生孙子，孙子又生儿子，儿子又生儿子，儿子又生孙子，这样子子孙孙都不会断绝的呀！而这两座山上的石头却是搬走一点儿就少一点儿，再也不会长出一粒泥、一块石头的。我们这样天天搬，月月搬，年年搬，为什么搬不走山呢？"自以为聪明的智叟听了，再也没话可说了。

　　从此以后，愚公带领一家人，不论酷热的夏天，还是寒冷的冬天，每天起早贪黑挖山不止。他们的行为终于感动了天帝。天帝为愚公移山的诚意所感动，就派了夸娥氏的两个儿子去背走了那两座大山，一座山放在朔东，一座山放到雍南。从此以后，从冀州的南部，直到汉水的南面，再也没有大山挡路了。后来，愚公移山的故事便世代流传下来，大家用愚公移山的精神告诉人们，无论多么困难的事情，只要有恒心有毅力，坚持不懈就能取得成功。

造父习御

　　西周时期，有一个名叫作造父的人，他对驾驶马车非常感兴趣，于是就拜当时的驾车高手泰豆学习驾车的技术。

　　造父跟着师傅泰豆学习的时候，态度十分恭敬，行为举止也非常谦卑，但是三年过去了，不知什么缘故，泰豆什么技术也没有教给造父。造父百思不得其解，便用更加谦虚谨慎的礼节侍奉老师。终于有一天，泰豆把造父叫到跟前，告诉他说："老前辈们说过，擅长于造弓的工匠，一定要先学习编簸箕；擅长于冶炼金属的能工巧匠，一定要先学会缝皮衣。你先看我快步走路，注意观察我的姿势，等你的姿势练得跟我一样了，走路也跟我一样快了，就可以掌握六匹马的缰绳，驾驭六匹马的大车了，好好练习吧！"造父非常高兴，马上坚定地回答说："我一定按师傅的教导认真练习。"

　　为了让造父练习，泰豆带着造父到大山里砍来许多木头，又将这些木头做成一根根的木桩，然后把这些木桩埋在地上，每根木桩仅仅只能容下一只脚站立，每隔一步的距离就设置一根木桩，最后将一根根木桩排成一条路。泰豆给造父做示范，他在木桩上快步行走，又快又稳，从来没有从木桩上面跌下来。看得造父顿时傻了眼，他没有想到师傅原来有这么厉害的本领。这时，泰斗对造父说："你每天都要练习在木桩上面行走，还要快步来回走，不能够跌下来。"造父牢牢记住了师傅的话，每天天没亮，造父就起床练习，晚上也要练习到很晚才睡，每一步都走得一丝不苟。由于造父的刻苦，仅仅用了三天的时间就把泰豆的行走技巧全部学会了。

　　泰豆看到造父的进步非常惊讶，高兴地对他说："你真的是聪明敏捷，这么快就都学会了，一般的驾驭马车的人也就相当于你现在的水平吧。"造父对师傅问道："可是，师傅，我虽然学会了走木桩，但还没有学会驾车啊，这走木桩与我学驾车有什么关系呢？"泰豆语重心长地对造父说："刚才你走木桩走得这样好，是得力于你的脚，但你体会其中的技巧却是在用心，因为脚是受到心支配的，是与心相适应的。同样的道理也可以运用到驾车上来，要使马走得步伐整齐、步调协调，那就要掌握好马的缰绳和嚼口，不能将缰绳勒得过急或者过松，一定要恰到好处，这样才能使马走得不慢不快，符合你的需要，而这些技巧都要你去用心体会。车马的进退快慢都有节奏，只有适度才行，只有你在内心真正懂得和领会了这个道理，驾驶马车才会得心应手。这样用心去驾驭马，才会合乎马的脾性，操控起来才能让马心领神会。因此，前进后退都有标准，旋转拐弯也都有规矩，掌握了这些规律，跑再远的路程也不会觉得累。"造父听着师傅的讲解几乎入了迷，泰豆接着说道："真正掌握驾车的技术，应该是马的嚼口与缰绳一致；缰绳与手一致；手与你的心一致。如果达到这种境界，那么驾驶就不必用眼睛来看，更不必用鞭子抽马，而是心中悠闲自在，身体端端正正坐着，马的缰绳不乱，马蹄跨出去也不会有差错；旋转进退，都符合自然规律。这样，即使车轮外再没有路可走，马蹄外再也没有空地可踏，你也不会觉得山谷有多危险，原野是如何平坦，因为这些对于驾车的人来说都已经一样了，是没有任何区别的。现在，我的技术已经全部都传授给你了，你天资聪颖，只要勤学苦练，掌握规律，你就能够得心应手，把车驾好。驾车的道理是这样，做其他的事情也是如此，你一定要牢记在心。"从此，造父谨遵师傅的教导，每天刻苦练习，终于练成了能日行千里的驾车技术。

孔子学琴

对于很多人来说，小时候都有学琴的经历，学弹钢琴、拉小提琴，或者演奏其他乐器，可真正坚持学习下来的人却不多，学有所成的人就更少了。在古代，有一位圣贤也学琴，而且学有所成，弹得非常好，他就是孔子。

作为儒家学派的创始人，孔子不仅是一位伟大的教育家，而且还是一位出色的音乐家，他既会唱歌，又会弹琴作曲，音乐造诣非常高。像现在的很多小朋友一样，孔子从小就喜欢弹琴，而且练习非常刻苦，并且在学习过程中善于思考，因此，在他很年轻的时候就已经弹得一手好琴了。但是后来孔子渐渐发现，任凭自己再怎样努力的练习也很难有更大的提高了，于是他便找到了当时著名的音乐家师襄，跟他来学习弹奏古琴。

一天，师襄拿给孔子一首曲子，让他自己练习，但并没有告诉他曲子的来历。孔子拿到这首曲子之后，便开始日夜弹唱，每天废寝忘食地练习，足足练了十多天，仍然没有停下来的意思。直到最后师襄都听得忍不住了，便对孔子说："这首曲子你已经弹了很久了，现在可以换一首曲子练练了。"没想到孔子却回答说："我虽然已经熟悉了它的曲调，但还没有摸透它的规律啊，看来我还需要继续练习。"说完孔子便又开始弹了起来，师襄便也没再阻拦。

又过了一段时间之后，师襄觉得孔子弹琴的水平已经大有长进了，于是便对他说："你已经摸到这首曲子的规律了，现在可以换首曲子练习了。"听到老师的话，孔子略加思索，礼貌而恭敬地回答道："老师，我虽然摸

到了它的规律，但是还没有领悟到它的精髓，我想还需要再练才行。"孔子说完便又开始弹琴了，这让师襄惊讶不已。师襄是当时的音乐名师，教过许多学生，各种各样的人都有，但唯独还没有碰到一个像孔子这么执着而好学的学生，他心中暗暗高兴，认为此人以后必成大器。

如此又过了一段时间，一次，孔子正在庭院中练琴，师襄悄悄地走到他身边，凝神倾听孔子的弹唱，深深地陶醉于孔子的优美琴声中。一曲弹罢，聚精会神的孔子转过身来，惊奇地发现老师早已站在自己身后，于是便作揖行礼，对师襄说道："老师，我已经体会到这首曲子的音乐形象了，他黑黝黝的，个儿高高的，目光深远，似有王者气概，此人非文王莫属也。"师襄听罢，大吃一惊，因为此曲正好名叫《文王操》，而他事先并未对孔子讲过。

师襄对孔子说："你说得很好！那你又是怎么知道的呢？"孔子不慌不忙地答道："施行仁政的人推崇伟岸，鼓吹和平的人爱好粉饰，充满智慧的人喜欢弹唱，殷勤钻营的人追求艳丽，该首曲子刚健有力，高亢激昂，学生才能够推断出该首曲子是文王创作的。"师襄听后，大为钦佩，连连点头赞许。

由于孔子的刻苦学习和勤于钻研，再加上师襄的高明点拨，他的琴技很快就炉火纯青了。在后来的教学中，孔子把弹琴纳入到学习范围之中，所谓"礼、乐、射、御、书、数"中的"乐"指的就是弹琴唱歌及跳舞等技艺，这不仅一直影响到后代，而且促成了文人与琴之间的联系，同时也促进了我国古代音乐的发展。

孔子因材施教

　　孔子是我们所熟悉的一位古代伟大的教育家，他的学生众多，而且秉性各异，孔子在教育这些学生的时候，并没有采用相同对待的方式，而是"因材施教"。所谓因材施教，就是老师根据不同学生的具体情况，采用不同的方法来实施教育，以期达到最好的教学效果。要想"因材施教"，首先就要了解"材"，所以孔子曾经花了很多工夫去了解他的学生，不仅知道每个学生的长处，而且也知道他们的短处，针对不同学生的秉性，孔子采用了不同的教育方法。

　　孔子的两个弟子，一个叫子路，一个叫冉有，两个人在政治方面都较有成就。有一次，子路向孔子请教说："先生，您教的仁义之道，真是太令人向往了！那我听完这些道理，需要马上去实行吗？"孔子略加考虑，回答说："你有父亲和哥哥，你应该先去问问父亲和哥哥，怎么能一听到这些道理就去做呢？"过了一会儿，另一个弟子冉有也提出了同样的问题，孔子却告诉他可以马上去做。这下站在一边的公西华就非常奇怪了，便问孔子为什么同样的问题，却有两种不同的回答。孔子听了笑了笑，对公西华说："冉有这个人生性懦弱，应该多激励他的勇气，所以叫他马上去做。子路这个人武勇过人，性格太急躁，应该控制他的暴性，所以叫他慢一些去做。"公西华听了这才恍然大悟。

　　可见，孔子是根据学生的不同情况，在回答问题时有针对性地加以引

导，可谓用心良苦。孔子因材施教的方法无处不在，不论是在看待学生的优势与不足上，还是在教学内容、教学方法上都能体现出来。所以，尽管孔子的弟子很多，并且有各种不同的性格、禀赋和才能，但在孔子的教育与引导下，都得到较好的发展。

鲁班学艺

两千多年以来，我国的土木工匠们一直把鲁班奉为祖师，视为这个行业的鼻祖，至今，人们仍然愿意用"班门弄斧"这个成语，来比喻在行家面前卖弄本领，同时表达了对鲁班的敬仰和爱戴。

鲁班姓公输，名般，因为是鲁国人，"般"又与"班"同音，所以常被称为鲁班。鲁班生活在春秋末期到战国初期，出身于世代工匠的家庭，是我国古代杰出的发明家。他的发明涉及建筑、木工、工艺、机械、军事科学等众多领域，解决了很多人们在生产生活中遇到的实际问题，至今，他所发明的锯、墨斗等工具人们仍在使用，而他在学习和发明过程中的很多故事也随他的发明一样流传了下来。

传说鲁班年轻的时候，他听说终南山上有一位老神仙手艺精湛，能做世间万物，便决心要上山拜师学艺。为此，他辞别了父母，纵马向西，跋山涉水，终于来到了高耸入云的终南山。但是刚到山脚下，鲁班就迷了路，上山的小路有千余条，到底哪一条才能到达山顶呢？鲁班正在为难，忽然看见山脚下不远处有一座小屋，屋门口正坐着一位老大娘在纺线。鲁班马上牵马上前，鞠躬作揖后问道："老奶奶，我要上山拜师学艺，可上山的路这么多，请您告诉我该从哪条路上去呢？"老大娘停下手里的活回答道："这儿终南山的上山路有九百九十九条，只有正中间的一条才能通向山顶。"鲁班听后连忙道谢，他从左数了四百九十九条，又从右数了四百九十九条，

终于选定了正中间的那条小道，便骑马上山去了。

鲁班马不停蹄地走了三天三夜，才登上了山顶，只见树林中有三间平房，想必就是老神仙的家了。鲁班轻轻地推开门，发现屋子里摊了一地各式残破的工具，一个白胡子老头儿正躺在床上睡大觉，呼噜打得震天响。鲁班想，这位老师傅一定就是精通木匠手艺的高人了，他不敢打扰，便默默地把屋子收拾干净，然后规规矩矩地坐等老师傅醒来。直到太阳落山，老师傅才睁开眼睛，看到一个年轻人伫立在身边，正疑惑不解之时，鲁班双膝跪地说道："师傅，您收下我这个徒弟吧。"老师傅见这个青年相貌堂堂，便问道："你叫什么名字？从哪儿来？"鲁班说道："我叫鲁班，是从万里之外的鲁家湾来的。"老师傅说："要拜我为师，我就要先考考你，你答对了我才能收你为徒。"鲁班不慌不忙地说："师傅，我今天答不上，明天再答，以后直到答对为止，师傅您请出题吧。"

老师傅问道："普普通通的三间房子，有几根大柁，几根二柁？有多少根檩子，多少根椽子？"鲁班张口就回答道："普普通通的三间房子，有四根大柁，四根二柁；有大小十五根檩子，二百四十根椽子。五岁的时候我数过的，师傅您看对不对？"老师傅轻轻地点了点头。接着问道："一件手艺，有的人三个月就能学会，有的人三年才能学会。学三个月和学三年有何不同？"鲁班想了想回答道："学三个月的，手艺学在眼睛里；学三年的，手艺是学在心里。"老师傅听后又满意地点了点头。接着提出了第三个问题："有两个徒弟，他们学成手艺后下了山，师傅送给他们每人一把斧子。大徒弟用斧子挣下了一座金山，二徒弟用斧子在人们心里刻下了一个名字，你愿意成为哪个徒弟？"鲁班不假思索地回答道："鲁班愿意成为第二个徒弟，请师傅收下我吧！"老师傅听了哈哈大笑，说道："好吧，你都答对了，我就收你为徒。"

鲁班学艺的第一天，老师傅让他把学艺用的工具先修理一下。鲁班把木屋里的工具全都拿出来一看，斧子崩了口，刨子长满了锈，凿子又弯又秃，真是该修理了。他挽起袖子，就在磨刀石上磨了起来。当又高又厚的磨刀石磨得像个月牙时，斧子磨快了，刨子磨光了，凿子也磨出刃来了，一件件都闪闪发亮，可鲁班的双手全都磨起了血泡。老师傅看了工具很满意，便对鲁班说："试试你修理的这些工具吧，先去把门前的大树砍倒，然后砍成一根大柁，再用刨子把它刨光，要光得不留一根毛刺儿，圆得像十五的月亮。最后在大柁上凿两千四百个眼儿：六百个方的，六百个圆的，六百个楞的，六百个扁的。"这棵高不见顶的大树是鲁班见过的最粗的树，他没日没夜地干了一个月才把师傅交代的活干完。老师傅检查完很满意，接着，他把鲁班领到了最里边的屋子里。原来那里摆放了各式各样的工艺模型，亭台楼阁、桥梁屋塔、床榻桌椅，可谓应有尽有，而且件件工艺精美，样式别致，让鲁班爱不释手。老师傅对鲁班说："你把这些模型都拆下来，然后再组装上，一点都不能马虎。"此后三年，鲁班反复琢磨这些模型，每一件都认认真真地拆了三遍，装了三遍，每天忙得饭也顾不上吃，觉也顾不得睡。终于，鲁班把这些模型都琢磨明白了，老师傅便一把火将所有的模型都烧了，他让鲁班凭着记忆重新打造。

果然，鲁班没有让师傅失望，他一件一件把模型造得跟原来一模一样，还按照师傅的要求，又做出好多新模型。老师傅见鲁班学艺已成，便对他说："我的手艺你已经都学会了，该下山了。"鲁班舍不得离开师傅，可又知道师傅不肯留他，便含泪拜别了师傅。鲁班下山后，凭借自己精湛的技艺和非凡的智慧，发明了很多惠及一方的工具，为人们建造了许多桥梁机械、房屋家具，受到人们的尊敬，他还教授了不少徒弟，薪火相传，留下许多动人的佳话，鲁班也因此被尊为土木工匠的始祖。

墨子兼爱非攻

在战国历史上，曾有过一次独一无二的战争，这次战争没动一刀一枪，没伤一人一马，而是由两个人在沙盘上演练比试决定了胜负，进而影响了两个国家的命运。这两个人就是前面说到的工匠始祖公输班和当时伟大的思想家墨子。

战国初年，楚国的国君楚惠王想重新恢复楚国的霸权，他扩大军队，训练士兵，谋划着要去攻打宋国。跟楚国相比，宋国是一个小国，但楚王仍不敢掉以轻心，为了增强战斗力，楚惠王找到了当时最有本领的工匠——公输班。公输班被楚惠王请了去，当了楚国的大夫，他替楚王设计了一种新的攻城工具——云梯。云梯既可以自由升降，又有梯阶、钩具，攻城的士兵可以援梯攀阶而上，越过深壑、高墙而攻入城内，大大提高了军队攻城破池的能力。

楚惠王一面叫公输般赶紧制造云梯，一面准备向宋国发动进攻。楚国制造云梯的消息一传扬出去，各个诸侯国都有点担心。宋国听到楚国要来进攻，更觉得是大祸临头，这也引起了当时著名思想家墨子的强烈反对。

墨子，名翟，战国初期宋国人，是我国历史上著名的思想家、军事家和科学家，墨家学派的创始人。他提出了"兼爱非攻"的主要思想，"兼爱"意为博爱，主张天下人互爱互利，不要互相攻击，而兼爱必须非攻，"非攻"即反对攻战，即"大不攻小也，强不侮弱也，众不贼寡也，诈不欺愚也，贵不傲贱也，富不骄贫也，壮不夺老也。是以天下庶国，莫以水火毒药兵刃以相害也"。非攻反对侵略战争，但注重自卫战争，只有兼爱才能做到非攻，也只有非攻才能保证兼爱，这反映了墨家学派反对发动不义之战的和平愿望。

为了阻止这场不义的战争，墨子走了十天十夜，赶到楚国的国都，拜见了公输般，他知道公输班并不是战争的发动者，但为了得到他的支持，墨子便对公输班说："北方有一个人欺侮我，我希望借你的力量杀死他"。公输般不知是计谋，听后很生气，但也不便表示什么。墨子接着说："我可以给你很多钱，作为你杀人的报酬。"这时公输般忍不住了，说道："我是讲道义的，绝对不会因为报酬去滥杀无辜。"墨子说："楚国是大国，人口虽然不多但土地很辽阔，可是它却准备攻打弱小的宋国，这是并非正义的战争，你口头上说不杀人，可是一旦发生战争，有多少无辜的平民会因为你的新式武器而死去，这跟你亲手杀人有什么区别？"公输般被墨子问得哑口无言，只好说攻打宋国的计划是楚王的决定，于是便带墨子去见楚王。

墨子见了楚王，并没有先说战争，而是请教楚王一个问题，他说道："现在有人放着自己漂亮的车子不要，却想去偷邻居的破车；舍弃自己的漂亮华贵衣服不要，却想偷邻居的旧衣服，这是怎样一种人呢？"楚王不知是计，

便说道："这个人是有偷窃的毛病。"墨子抓住时机，紧接着说道："楚国有广阔的土地，方圆五千里，而宋国只是一个弱小的国家，土地不足五百里，这就如同一辆漂亮的车与一辆破车的对比；楚国物产丰富，而宋国物产贫乏，这如同漂亮衣服和旧衣服的对比，大王为什么有了华贵的车马，还要去偷人家的破车呢？为什么要扔了自己的绣花绸袍，去偷人家一件旧裢子呢？现在楚国要去攻打宋国，跟那个犯了偷窃病的人是不是一样呢？"楚王一下子不知如何回答才好，霸道地说："你说得好，但是公输般已经为我造好了云梯，我是一定要攻打宋国的。"墨子心平气和地说："云梯并没有想象那样厉害，不信我可以与公输般模拟作战，看看胜负如何？"

　　楚王认为这个办法好，当即就为他们准备了道具，包括城墙、守城的器械、云梯及其他攻城的武器。公输般模拟攻打宋国的城墙，结果任由他多次改变攻城的战术，都被墨子抵挡住了。公输班用云梯攻城，墨子就用火箭烧云梯；公输班用撞车撞城门，墨子就用滚木檑木砸撞车；公输班用地道，墨子就用烟熏。公输般用了九套攻法，把攻城的方法都使完了，可是墨子还有好些守城的高招没有使出来。公输般心里还不服，便对墨子说："我知道怎么来对付你，我不说。"墨子也说道："我也知道如何对付你，我也不说。"楚王被两个人的话弄得莫名其妙，便问墨子其中的原因，墨子回答道："公输般的意图，不过是杀了我。他以为杀了我，宋国就没有人知道如何守城了。可是，在我来楚国之前，我早已把方法教给了我的徒弟们，你们即使杀了我，也是不能攻入宋国的。"楚王见大势已去，只好无奈地说："先生的话说得对，我决定不攻打宋国了。"就这样，墨子凭借自己的机智和勇敢阻止了一场战争，解除了两国百姓的一场灾难。

楚庄王一鸣惊人

　　春秋时期，各诸侯国纷争不断，楚国在城濮被晋国打败后不久，楚成王就被他的儿子商臣害死了。商臣成为国君后称为楚穆王，楚穆王对这场失败十分不甘心，便在国内抓紧操练兵马、蓄积粮草，发誓要与晋国一决雌雄。为了攻打晋国，楚穆王先将附近的几个小国兼并了，然后又与中原的陈、郑等国结成联盟，正当楚穆王雄心勃勃准备大干一场的时候，突然得了暴病而死，紧接着，他的儿子旅即位，这就是后来赫赫有名的楚庄王。

　　楚庄王登基后，为了观察朝野的动态，也为了让其他国对他放松警惕，当政三年以来，没有发布过一项政令，在朝政方面几乎没有任何作为。他不理朝政，每天不是出宫打猎游玩，就是在后宫里和妃子们喝酒取乐，根本不把国家大事放在心上，他知道大臣们对他的作为很不满意，为了避免打扰，他不允许任何人劝谏，还发布政令："有敢于劝谏的人，就处以死罪！"朝廷百官见状都非常为楚国的前途担忧，但又无计可施。而在此期间，晋国却趁这个机会，把原来一向归附楚国的几个国家又拉拢了过去，与他们订立了盟约，形势对楚国非常不利，这可急坏了当时主管军政的右司马伍举，他很想去劝谏楚庄王放弃荒诞的生活，励精图治，把楚国治理好，避免危机。然而，他又不敢触犯楚庄王的禁令去直接劝谏，便只好绞尽脑汁地想办法。

　　有一天，伍举看见楚庄王和妃子们做猜谜游戏，楚庄王玩得十分高兴。

他灵机一动，便上前说道："大王，有人给我出了个谜，我猜不出来，大王是个聪明人，请您猜猜吧。"楚庄王听到要猜谜，便来了兴趣，笑着说："你说出来听听。"伍举说道："在楚国山上，有一只大鸟，身披五彩，样子挺神气。可是一停三年，不展翅，不飞翔，也不鸣叫，这是什么鸟？"楚庄王心里明白伍举是在暗示自己，便对他说："三年不展翅，是在生长羽翼；不飞翔，不鸣叫，是在观察民众的态度。这只鸟不飞则已，一飞必然冲天；虽然不鸣，一鸣必然惊人。你回去吧，我知道你的意思了。"伍举明白了楚庄王的意思，便高兴地退了出来。

过了一段时间，楚庄王依然我行我素，天天饮酒作乐，没有任何改变。大臣苏从实在忍不住了，便冒死去劝说楚庄王。他才进宫门，就大哭起来，楚庄王问道："你怎么哭得这么伤心啊？"苏从回答道："我为自己就要死了而伤心，还为楚国即将灭亡而伤心啊。"楚庄王不解地问道："你怎么会死呢？楚国又怎么会灭亡呢？"苏从回答说："我来是想劝告您，您听不进去，肯定要杀死我。您整天观赏歌舞，游玩打猎，不管朝政，楚国的灭亡不是就在眼前吗？"楚庄王听完大怒，斥责苏从道："你是想死吗？我早已经说过，谁来劝谏，我便杀死谁。如今你明知故犯，真是愚蠢！"苏从痛切地说："我是愚蠢，可您比我还愚蠢啊，倘若您把我杀了，我死后将得到忠臣的美名；可您若是再这样下去，楚国必亡，您就是亡国之君啊，您不是比我还愚蠢吗？言已至此，您要杀我便杀吧！"楚庄王忽然站了起来，动情地对苏从说："大夫的话都是忠言，你们是真心为了国家好，我心里很明白。"至此，楚庄王觉得自己整顿朝纲、重振君威的时机已经到来，便开始亲自上朝处理政务，废除了很多不利于楚国发展的刑法，兴办各种有利于楚国发展的事务，诛杀了那些贪赃枉法的大臣，将一批奉承拍马的人撤了职，把敢于进谏的伍举、苏从等人提拔起来，帮助他把楚国治理得很好。后来，楚庄王又请楚国有名的隐士孙叔敖当国相，开垦荒地，挖掘河道，奖励生产。没几年的工夫，楚国便强大起来。公元前597年，楚庄王率领大军攻打郑国，晋国派兵救郑，因此和楚国发生了一场大战，结果晋国大败，一战之间几乎全部覆灭，而三年未鸣的楚庄王终于一鸣惊人。打那以后，楚国便成为威名远扬的春秋大国，楚庄王前后统治楚国二十三年，成为了一鸣惊人的春秋霸主。

扁鹊见微知著

在我国古代的神话传说中，有一位神医名叫扁鹊，因为他走到哪里，就把安康和快乐带到哪里，所以一直为人民所景仰。后来在战国时代也出现了一位名医，名叫秦越人，又号卢医，他医术十分高明，无论什么疑难杂症，他都能药到病除，人们因此总把他比作传说中的扁鹊。后来，人们渐渐忘记了他本来的名字，就直呼他为扁鹊了。扁鹊走南闯北，治病救人，医好了很多人，宫廷也知道了扁鹊高超的医术，便经常请他去宫廷里为蔡桓公巡诊。

有一天，扁鹊按惯例去宫中巡诊，拜见蔡桓公以后，他仔细看了看蔡桓公的脸色，发现有一些问题，便慎重地说道："君王，我发现您生病了，不过现在这个病才刚刚开始，只是在您的皮肤表面，应该及时治疗，以防病情加重。"听了扁鹊的话，蔡桓公很惊讶，他不以为然地说："我一点病都没有，用不着什么治疗。"扁鹊见蔡桓公不相信自己的话，便只好起身告辞。扁鹊刚一走，蔡桓公就十分不高兴地对身边人说："你们看我有病吗？我的身体这么好，扁鹊还说我有病，真是在开玩笑！大夫就是这样，他们总爱说没有病的人生了病，然后把别人的健康说成是被他们医治好的，以此来显示他们的医术，我才不信他这一套呢。"

过了十天，扁鹊又进宫来给蔡桓公看病，他仔细察看了蔡桓公的脸色，说道："君王，您的病已经到肌肉里面去了，如果不赶紧治疗，病情还会加重的。"可蔡桓公仍旧不相信扁鹊的话，扁鹊没有办法，只好起身告辞出去。可扁鹊刚一走，蔡桓公就大发雷霆，说道："这个扁鹊真是好大的胆子，我身体这么强壮，他却几次三番说我有病，他到底安的什么心？"其实扁鹊在离开以后，心里仍然惦记着蔡桓公的病情，他知道蔡桓公是讳疾忌医，因此十天之后，扁鹊第三次去拜见了蔡桓公。

蔡桓公看见扁鹊又来了，理都没有理他，但扁鹊还是认真察看了蔡桓公的病情，一脸忧虑地对他说道："君王，您的病已经发展到肠胃里面了，您要是再不医治的话，病情一定会恶化的。"蔡桓公一听扁鹊说自己"病情恶化"，顿时勃然大怒，直接把扁鹊赶了出去。又一个十天转眼过去了，扁鹊很想去劝劝蔡桓公，便第四次去进宫拜见。蔡桓公听说扁鹊又要来，心里便暗自想到：这次我倒要看看扁鹊如何评说我的病情。让人没想到的是，两人刚一见面，扁鹊一句话都没说，扭头就走了。这倒把蔡桓公弄糊涂了，他心里很纳闷：扁鹊怎么一见我就走了呢，这回怎么不说我有病了呢？"蔡桓公越想越觉得好奇，于是就派了一个大臣去找扁鹊，想了解究竟是怎么回事。扁鹊对派来的大臣说道："蔡桓公的病一开始只是在皮肤表面，并不严重，只要用汤药清洗或者用火热灸敷，很容易就能治愈。后来，他的病蔓延到了肌肉里面，这时候如果用针刺术攻克，也能治愈，但是蔡桓公根本不相信自己有病。结果，病情严重了，逐渐发展到肠胃，这时候要想治愈的话，服用有效的草

药汤剂也还有疗效。可不幸的是，蔡桓公根本不相信我的话，现在他的病已经浸入骨髓，人间医术已经无能为力了，我即使再精通医道，也是无力回天了。"

结果，不出扁鹊所料，几天过后，蔡桓公觉得自己浑身疼痛难忍，他感觉情况不妙，赶紧派人去找扁鹊。但是，扁鹊此时已经离开了齐国，渺无踪迹了。蔡桓公听到这个消息后追悔莫及，但是已经无济于事了，不久，蔡桓公就在痛苦的挣扎中死去了。扁鹊通过自己细致入微的观察慧眼识病，尽职尽责的直言相告，但蔡桓公却骄横自负、讳疾忌医，最后只能自食恶果。

李离以死护法

春秋时期，晋国晋文公时代掌管刑罚的最高长官名叫李离，他公正不阿、执法如山，把国家法律的威严看得比生命还重要，是我国历史上一位了不起的人物。

李离断案，一向都是细致入微，极其认真，所以他经手的案子从无差错。可是有一天，李离在查阅过去的案卷时，竟发现了一起错杀的冤案。经过重新审查，李离发现，原来是他的下属在办案时贪赃枉法，将真凶放走了，却把无辜者抓了起来，屈打成招。李离失察，判了此人死刑。弄清了原委，李离感到惭愧万分，但已铸成不可挽回的大错。他一方面严厉地处罚了下属，一方面立刻缉拿真凶。最后，这件案子虽然以真正的凶手被捉拿归案，冤死者昭雪而了结，但李离却为自己的错杀而痛苦不堪，终日食不知味。他觉得自己犯下了不可饶恕的罪过，不但不配再做执法的长官，而且给国家的法律抹了黑。于是，李离让手下人将自己捆绑起来，送到晋文公那里，请求晋文公将自己处死。

晋文公见李离五花大绑地进来，便惊讶地问："爱卿这是发生了什么事？怎么这个样子来见我？"李离跪下说道："臣有违大王的信任，身为执法的长官，却错杀了好人，我请求大王依法将我处死，为枉死者偿命！"说罢，李离便将误判错杀的经过如实禀告了晋文公。晋文公听后对李离严于律己的行为十分赞赏，也为他的诚心实意所感动。晋文公不但没有怪罪李离，还亲自为他解开了身上的绳索。晋文公劝李离说："这件案子是下

面搞错的，并不是你的罪过。再说，每个官员的职务都有高有低，因此我们在处罚时也该有轻有重。何况这件案子又不是你直接办理的，我怎么能怪罪于你呢？"可是李离依然长跪不起，他坚持说："在掌管刑狱的官员中，臣下的官职最高，却从没把自己的权力让给下属；平时享受的俸禄也最多，也并没有把俸禄分给下属。今天我有了过错，怎么可以把责任推给下面的人呢？现在我错判了案子，枉杀了好人，我理当承担罪责。还是请大王将我处死吧！"

晋文公知道李离正直，是个好官，便有意保护他说："你认为下属出了问题，责任在你这个上司的身上。如果照你的逻辑去推断，你的官职是我任命的，那不连我也该有罪了吗？"李离明白晋文公的用意，但他已经决心以死来维护国家法律的尊严，便说道："国家的法令早已明文规定，执法的官吏给犯人施错了什么刑，自己就要受什么刑罚；错杀了好人，自己也应被处死。大王信任我，将执行国家刑罚的重任交给了我，可现在我辜负了您的信任，没能深入调查，明断真伪，以至于造成了错杀无辜的冤案，按法律我应受到处置，因此处死我是理所当然！如果我不自觉伏法，那法律的尊严就不会再受到重视了。既然您不忍心下令处死我，就请允许我自己执行吧。"说完，李离猛地从卫士手里夺过宝剑，用尽力气朝自己挥去，顿时鲜血迸溅，气绝身亡。李离以自己的鲜血和生命捍卫了法律的权威和尊严，践行了"法律面前人人平等"的思想，同时也彰显了自己有过错不推诿，勇于承担责任的高尚情操，其精神着实难能可贵。

弦高智退秦军

春秋时期，郑文公在世时，秦国与郑国结为盟国，秦国派杞子等三位将领，率领一部分秦军帮助郑国防守晋国。公元前 628 年，郑文公去世，郑穆公即位。秦将杞子认为有机可乘，便派人向秦穆公报告说："郑国让我们掌管都城北门的钥匙，要是发兵来偷袭，我们就可以得到郑国了。"秦穆公接到密报，决定利用这个机会，出兵一举消灭郑国。可郑国在秦国的东面，两国相距一千多公里，要想攻打郑国，秦军必须要长途跋涉。于是，秦穆公命令大将孟明视、西乞术、白乙丙带领兵车 400 余辆、士兵千余人从秦国出发，想要神不知鬼不觉地偷袭郑国。

秦国大军跋山涉水向东进发，历时一个多月，终于在公元前 627 年，到达了郑国旁边的一个名叫滑国的小国境内，眼看着就要到达郑国了，而郑国对此还毫不知情。就在大军压境之时，正巧有一位郑国的商人赶着一群牛来滑国贩卖，商人名叫弦高，他看见远程奔袭驻扎的军队，心里就犯起了嘀咕：这些远道而来的士兵从哪来？来这么远的地方是要做什么？想到这，弦高有一种不祥的预感，他马上派人去打听，结果回来的人报告说，这些士兵正是秦的军队，他们正要去攻打郑国。弦高一听吓了一跳，这可急坏了他，秦国本就比郑国强大，这么多秦国军队悄无声息地来，一定是想偷袭郑国，而此时郑国还蒙在鼓里，到底该怎么办呢？

弦高急中生智，他一面派人火速回郑国报信，一面穿戴整齐，装扮成官员的样子，带着贵重的礼物，让随从驾着漂亮的马车，赶着他的十二头

肥牛，向着秦军的部队走去。来到秦军近前，弦高冲着里面高声喊道："郑国使臣弦高求见秦军主帅！"秦军前哨急忙报入军中，孟明视听后大吃一惊，想到：我们正想偷袭郑国，郑国使臣怎么已经到了这里？原先那种偷袭的兴奋，顿时变得很沮丧，不知究竟是怎么回事，只好叫手下传郑国使者来见。

弦高镇定自若地来到孟明视面前，施礼道："敝国君主听说秦君派大军前来，特遣下臣远道相迎，并以肥牛十二头作犒师之资，表示我们的一点心意。我们国家很穷，没有什么像样的东西，请将军不要见怪。"弦高一席话，说得秦军上下心凉了半截。孟明视见计谋败露，成功无望，只好随机应变，强露笑容对弦高说："郑君误会了，我军实是东巡走迷了路，才来到这里，与郑国没有干系。"弦高作揖谢过，留下牛儿走了。

秦军主帅孟明视真以为弦高就是郑国使者，便对大家说："郑国已有准备，我们还是回去吧！"于是顺手牵羊地攻灭了滑国，班师而去。郑穆公接到弦高送来的情报，急忙命人去查看杞子他们的动静，发现他们果然在那儿磨刀喂马，整理兵器，收拾行李，做战前的准备。于是郑穆公就派大臣去对他们说："诸位辛苦了，呆在我们这儿太久了，听说你们要离开，那就请便吧！"杞子他们听后大吃一惊，知道有人走漏了消息，只好厚着脸皮对付了几句，连夜逃走了。弦高虽然只是个小商人，但他急中生智，有勇有谋，消弭了一场灭国之灾。郑国因为弦高的机智爱国、见义勇为而得救，国君和百姓都很感激弦高。郑穆公以高官厚禄赏赐弦高，被弦高婉言谢绝，他说道："我虽然地位卑微，但却理所当然地忠于我的国家，如果受奖，那岂不是把我当作外人了吗！"弦高的一席话让大家对他更加敬佩，他的故事也被世人所千古传诵。

晏子挫楚王

在春秋争霸的过程中涌现出众多风云人物，他们在战场上兵戎相见，军营中运筹帷幄，外交场上更是谋略交锋，晏子使楚便是其中一则著名的典故。春秋末年，晏子继任为齐国的国相，开始了长达六十年的辅政生涯。晏子名婴，字仲，历任齐灵公、齐庄公、齐景公三朝卿相，他头脑机敏，能言善辩，勇义笃礼，是著名的政治家和外交家。他忧国忧民，屡谏齐王，尽心竭力拯救内忧外患的齐国，在诸侯和百姓中享有极高的声誉。在对外斗争中，他既富有灵活性，又坚持原则，出访不辱使命，捍卫了齐国的尊严。

有一次，齐王派晏子出使楚国，当时的楚国是大国，楚王仗着自己的国势强盛，就想乘机侮辱一下晏子，好借此在齐国面前显示一下楚国的威风。楚王知道晏子的身材矮小，就叫人在城门旁边开了一个五尺来高的洞。晏子来到楚国，楚王就命人把城门关了，让晏子从这个洞钻进去。晏子看了看这个洞口，知道楚王要戏弄他，便对接待他的官员说："这明明是个狗洞，根本不是城门，只有访问"狗国"才能从狗洞进去，我现在访问的是楚国，你们先去问问明白，楚国到底是个什么样的国家？"接待的人立刻把晏子的话传给了楚王，楚王吃了个哑巴亏，只好吩咐大开城门来迎接晏子。

晏子拜见楚王后，楚王瞅了他一眼便冷笑道："齐国难道都没有人了吗？怎么派你来了呢？"晏子听后回答说："齐国的人多极了，我国首都

临淄住满了人，大伙儿把袖子举起来，就是一片云；大伙儿甩一把汗，就是一阵雨；街上的行人肩膀擦着肩膀，脚尖碰着脚跟。大王怎么说齐国没有人呢？"楚王说："既然有这么多人，怎么打发你来了呢？"晏子听后装作很为难的样子说："您这一问，我实在不好回答。撒谎吧，怕犯了欺骗大王的罪；说实话吧，又怕大王生气。"楚王说："实话实说，我不生气。"晏子拱了拱手说道："敝国有个规矩：访问上等的国家，就派有本事、有德行的人去；访问下等的国家，就派碌碌无为的人去。我最不中用，所以就被派到这儿来了。"说完他还故意笑了笑，楚王知道又被晏子戏弄了，又无法发作，只好赔笑。

在这次出访之后，晏子又有一次出使楚国，楚王听说还是晏子要来，就向他的大臣们说："晏子是齐国最会说话的人，现在他将要到我们楚国来，我想羞辱他一下，你们有什么好办法吗？"大家议论了一会，有一个官员建议道："当晏子来的时候，我们就让武士捆绑着一个齐国人从大王面前走过，到时候大王就问：绑着的是什么人？士兵就回答说是齐国人。大王再问为什么要绑他？士兵就回答说因为他偷了东西。"楚王觉得这是一个羞辱晏子的好办法，就按此布置妥当。

等到晏子来到楚国后，楚王安排酒席招待晏子，正当他们吃得高兴的时候，有两个武士押着一个囚犯，从堂下走过。楚王看见了，便问道："那个囚犯犯的什么罪？他是哪里人？"武士回答说："犯了盗窃罪，是齐国人。"楚王得意地对晏子说："齐国人怎么这样没出息，他们天生就爱干这种事儿吗？"楚国的大臣们听了，都得意扬扬地笑起来，以为这下可让晏子丢尽了脸。哪知晏子面不改色，不慌不忙地对楚王说："大王您怎么不知道呢，长在淮南的柑橘，又大又甜。可是橘树一旦种到了淮北，就只能结出又小又苦的枳，这都是因为水土不同啊！同样的道理，齐国人在齐国能够安居乐业，好好地劳动，可一到了楚国就做起盗贼来了，也是因为两国的水土不同吧。"楚王和群臣听后面面相觑，十分尴尬。晏子的一番反驳让楚王颜面尽失，只好赔不是，楚王惭愧地说道："我原本想取笑大夫，没想到却反让大夫取笑了。"从这以后，楚王再也不敢不尊重晏子了。

晏子以他的聪明机智和勇敢大胆，有力回击了楚王的不良居心，维护了国家和个人的尊严，也展现了晏子不畏强权的政治家、外交家风度。

勾践卧薪尝胆

春秋时期，诸侯国之间纷争不断。在东南沿海有吴国和越国两个国家，常年互相征战不休，越王勾践继承王位时，战火依然不减。此时，吴王阖闾想趁勾践刚刚继位，大局未定的时机攻打越国，给越国致命一击。公元前496年，阖闾在槜李发动了战争，不料，勾践人小却很有气魄和胆识，最终，阖闾惨败而归，自己又中箭受了重伤，再加上年纪大了，回国不久就因伤去世了。死前，他念念不忘那次惨败，告诉继位的儿子夫差一定要为他报仇，夫差信誓旦旦地点了点头。为了打败越国，夫差励精图治三年，建立了许多军队，还增加了一支水军，只想等待时机为父报仇。

越王勾践听说吴国建立了一支水军，就很想消灭它，但是大臣范蠡却劝阻勾践不要贸然行事，范蠡说道："夫差已经准备了三年，一定部署周密，你这样贸然出击，很容易被敌人击败的。"可勾践认为自己有勇有谋，根本不把夫差这个毛头小子放在眼里，他对范蠡说："我难道还能怕了那小子不成，当初他父亲死在我手里，今天他也会重蹈覆辙的。"勾践不仅不听劝，还亲自征战沙场，结果被早有防备的吴国大军打得惨败。最后，勾践自己带着仅剩的5000余残兵逃到了会稽，却还是没能逃脱吴军的包围。此时，勾践才后悔没有听范蠡的话，可事已至此后悔也没用了。范蠡给勾践出主意，让他假意求和，先获得生计，再作日后打算。这次，勾践老老实实听了范蠡的意见，派人去吴王那里求和，吴王夫差听到勾践求和的想法非常高兴，准备接受勾践的投降。但吴国的大臣伍子胥却坚决反对，他认为应该斩草除根，杀了勾践，这样才能永绝后患。但吴国另一个大臣伯嚭因为收了勾践给的好处，便向夫差讲了许多好话，认为既然勾践已经战败，越国也对吴国构不成威胁了，就不必非要处死勾践，留着勾践一方面可以向世人显示吴王的仁慈，另一方面也可以慢慢折磨他。吴王夫差听了伯嚭的话认为他说得更有道理，就不顾伍子胥的阻拦而接受了勾践的投降，但要求勾践去吴国为奴。勾践听从范蠡的话，放弃曾经为王的尊严，把国家大事托付给大臣，就带着夫人和范蠡去了吴国。

勾践到了吴国后，夫差让他们夫妻俩住在一间简陋而又潮湿的囚室，还让勾践做起了驾车养马的活，勾践的夫人被吩咐打扫宫室，曾经为王称霸的越王勾践每天都干着下等人的活，心里觉得极其屈辱，但表面上却还对吴王夫差毕恭毕敬，尽心尽力做着夫差交代的一切工作，只求夫差能够放松警惕，有一天可以放他们回到越国。为奴三年后，勾践终于等到一个机会，夫差生了场大病，但原因不明，大夫也无从下手，这时候，勾践挺身而出，为夫差尝粪寻找病源，这个举动彻底感动了夫差，他认为勾践对自己已经诚心诚意归顺，便放勾践回到了越国。

归国后的勾践，一心要报仇雪耻。他害怕眼前的安逸消磨自己的意志，便放弃舒适安逸的王宫，搬到一个破旧的马厩中居住。每天用柴草充当被子，用硬硬的石板当床，他还在屋子的房梁下吊了根拴着猪苦胆的绳子，每天一早醒来，就先尝一尝苦胆，时刻提醒自己不要忘掉吃过的苦，受过的罪，告诉自己一定要报仇雪恨，这就是被后人传诵的"卧薪尝胆"。

为了使国家尽快强大起来，勾践实施了很多利国利民的政策，他亲自参加耕种，叫夫人自己织布来鼓励生产。因为越国遭到亡国的灾难，人口大大减少，勾践就颁布了奖励生育的政策。为使内政清明，他还广招贤良，为他们提供优越的条件，使他们为国效忠出力。如果有从诸侯国来越的游士，勾践一定会隆重地接待，并根据各自的特长任用。为形成一支作战力强的军队，他加强军事训练，制造利剑强弓，训练水军，还建筑城郭，加固边防。另一方面，勾践听从大臣"亲于齐，深结于晋，阴固于楚，而厚事于吴"的外交策略，暗中和齐、晋、楚等国交好，还经常派人给吴国进献好东西，给夫差找来了西施、郑旦两位美女，使夫差沉溺女色，荒于政事。

经过二十多年的准备，越国国力强盛、兵强马壮。勾践只在等待一个有利的时机，向吴国发起攻击，以雪国耻。终于机会来了，夫差要勾践出兵助威去赴一个宴会，勾践假装赴会，实则带领秘练的 3000 精兵攻打吴国，拿下了吴国的主城，杀了吴国太子，又擒拿了夫差。这时夫差才后悔没听伍子胥的话，留下了勾践，但此时吴国已经没有回头路了。千百年来，勾践卧薪尝胆、励精图治、最终雪耻的故事一直流传，后人更加习惯用"卧薪尝胆"来形容人刻苦勤奋，不畏艰险，忍辱负重，发愤图强的决心和意志。

"兵圣" 孙武

在春秋战国时代，国家社会动荡不安，战争是国家的头等大事，这使得兵家理论极受统治者的青睐，地位丝毫不逊于治国的理论。在兵家理论当中，最为著名的便是《孙子兵法》，又称《孙武兵法》，是我国最古老、最杰出的一部兵书，历来备受推崇。全书共十三篇，主要论述了军事学的主要问题，对当时的战争经验进行了总结，提出了一些著名的革命性军事命题，并揭示了一些具有普遍意义的军事规律，其内容博大精深，逻辑缜密严谨，对后世影响深远。

《孙子兵法》的作者是春秋末年著名的军事理论家孙武，字长卿，被后世尊称为孙子、"兵圣"、"世界兵学鼻祖"。他出生于公元前 535 年左右的齐国乐安，孙武一生事业在吴国展开，死后亦葬在吴国，因此《吴越春秋·阖闾内传》把孙武称为"吴人"。

孙武的军事思想具有朴素的唯物论和辩证法色彩，他强调战争的胜负不取决于鬼神，而是与政治清明、经济发展、外交努力、军事实力和自然条件等因素有关系，预测战争的胜负主要就是分析以上这些条件。孙武强调在战争中应积极创造条件，发挥人的主观能动性，促成对立面朝着有利于自己的方向转化。在《孙子兵法》中，孙武开宗明义便指出："战争是国家的大事，关系到人民的生死、社稷的存亡，是不可不慎重研究悉心考虑的。"孙武还提出了"知彼知己，百战不殆"的著名论断，认为一定要对自己的实力和对方的情况了如指掌，随时随地掌握对方的动态变化，采

取相应的应变措施，才能取得战争的胜利。除此之外，孙武又提出了集中优势兵力打歼灭战的主张，认为不管敌我总体力量对比的强弱如何，一定要创造机会，造成我在局部兵力上的优势，以十攻一，以众击寡，全歼敌方。这些光辉的军事思想和军事论断都备受军事家们的推崇，孙武也被古今中外的军事家一致尊崇为"兵家之祖"。

《孙子兵法》不仅丰富了中国古代的哲学思想，也开创了人类历史上军事辩证法的先河，历代兵学家、军事家无不从中汲取养料，用于指导战争实践和发展军事理论，孙武也成为华夏军事思想文化的奠基者之一。

庖丁解牛

庖丁是我国战国时期有名的厨师，他杀牛的技艺远近闻名，不仅非常纯熟，而且又快又轻。当时梁惠王听说庖丁杀牛非常厉害，就想一睹为快，他命人将庖丁请来，希望庖丁能现场表演一下杀牛的技艺。

有人为庖丁牵来一头十分强壮的牛，庖丁围着这头牛仔细看了看，然后迅速提起刀，在牛的身上快速游走，只见骨与肉瞬间分离，一眨眼的工夫就把牛杀了，人们还没弄明白怎么回事，刚才活蹦乱跳的一头牛，就已经变成了地上的一堆肉。在场的所有人都瞪大了眼睛，他们还没看清楚庖丁怎么动刀，甚至都没有听到牛的一声嚎叫，牛就已经杀完了，不禁大吃一惊，不住地拍手叫好。

庖丁杀完牛，仔细地擦了擦刀，然后悠然地站在一旁，一点都没有显出疲倦的神态。围观的人都对庖丁的技艺赞不绝口，梁惠王兴奋地对庖丁说道："哎呀，你杀牛的技术真是太棒了，简直太神奇了，你的技术怎么能够如此纯熟呢？"庖丁放下手中的刀，上前对梁惠王说道："大王，我干杀牛这个行当已经快三十年了，每天都要重复同样的工作，时间长了，干得多了，自然就熟能生巧。不过我现在年纪大了，动作比从前还慢了不少呢！"梁惠王听后赞许地点点头，又继续问道："可为什么那么多宰牛的人，他们中也有很多人跟你一样干了一辈子，怎么却没有你这么高深的技艺呢？"庖丁想了想回答说："大王，我宰牛完全遵循自然规律，每一刀都恰到好处，并不会随意下刀，这已经远远超出了一般的解牛技术。

当初，我刚刚学习宰牛的时候，我眼中所看到的仅仅是一头完整的牛。三年以后，我所见到的就不是一头完整的牛了，在我眼中，牛已经分解成各个部分。如今，我已经可以用我的精神去感知，而不再是用眼睛去看牛了。"梁惠王和旁观的人听后都不太明白，庖丁便继续说："宰牛宰多了，对牛的全身结构就非常了解了，我按照牛全身的结构，从牛骨头缝隙大的地方进刀，再顺着骨节的缝隙运刀，用手上的力道去感知方向，就不会碰到筋脉经络相连的地方，也不会碰到附着在骨头上的肉及筋肉聚结的地方，更不会碰到大骨头。"梁惠王和大臣们恍然大悟，原来看似简单的解牛技术，里面还有这么多深奥的道理。

庖丁解完牛，便开始收拾起工具，梁惠王看到庖丁的刀光亮如新，便问道："你干了这么多年，刀子一定用坏了不少吧？"庖丁笑着说道："没有，对于好厨师来说，一年换一把刀就够了，因为他们用刀割肉。如果是一般的厨师，就一个月换一把刀，因为他们用刀断骨头。而我的这把刀已经用了三十年，杀牛无数，现在依旧像新的一样。"说着，庖丁就把刀呈给梁惠王看："您看我这把刀用了三十年了，还和刚磨的一样锋利呢！"梁惠王不解地问："为什么会这样呢？"庖丁解释说："解牛的时候，在牛的骨节是有间隙的，而刀刃几乎没有什么厚度，我能把薄薄的刀刃准确地插入有间隙的骨节间，根本不会碰到其他的地方，因而我的刀能用三十年依旧如新啊。但是即使如此，有时遇到筋骨交接的地方，我还是会格外小心，仔细感知刀的方向和手上的力道，一点都不敢掉以轻心啊。"梁惠王听后对庖丁的解释非常赞赏。

庖丁解牛的技艺超群，是因为他深深懂得了其中的规律，而且依据规律做事，才取得了理想的结果。但要认识客观规律，必须有一个实践的过程，如果不动手解牛，就永远不能了解牛的生理结构，更无法掌握解牛的技艺，而这样的道理在我们做的每件事中都是适用的。

屈原投江

农历五月初五，是我国民间传统的"端午节"，在这一天，人们要赛龙舟、吃粽子，而这一传统节日的由来正是为了纪念我国历史上一位伟大的爱国诗人——屈原。

早在战国时代，称雄的秦、楚、齐、燕、赵、韩、魏七国为了争城夺池而互相杀伐，连年混战不已。那时，楚国的大诗人屈原正值青年，凭借出众的才华，他已经官至楚怀王的左徒官。屈原立志报国为民，他见百姓受到战争灾难，十分痛心，便劝怀王任用贤能，爱护百姓，因此很得楚怀王的信任。与此同时，西方的秦国非常强大，时常攻击其他六国，为了对抗秦国，屈原想出联盟六国的办法，并亲自到六国游说，想要用六国联合的力量来对抗秦国。

怀王十一年，屈原的外交政策终于成功了，楚、齐、燕、赵、韩、魏六国君王齐聚楚国的京城郢都，进而结成联盟，并推举楚怀王担当了联盟的领袖。依靠六国联盟的力量，有效遏制了强秦的扩张，屈原也因此更得怀王的重用，很多内政、外交大事，都交由屈原做主。而这也使以楚国公子子兰为首的一班贵族，对屈原非常嫉妒憎恨，常在楚怀王面前说屈原的坏话，说他专断夺权，根本不把怀王放在眼里，后来挑拨的人多了，怀王对屈原也渐渐不满起来，屈原的很多主张都无法实施，这让有着远大抱负的屈原倍感痛心。他怀着忧郁和悲愤的心情写出了《离骚》、《天问》等充满爱国忧民感情的诗篇，在他的诗歌里，痛斥了卖国的小人，表达了忧国

忧民的心情，流露出对楚国一草一木所寄托的无限深情。

公元前 229 年，秦国攻占了楚国八座城池，接着又派使臣请楚怀王去秦国议和，屈原看破了秦王的阴谋，冒死进宫陈述利害，楚怀王不但不听，反而将屈原逐出郢都，流放异地。楚怀王如期赴会，一到秦国就被囚禁起来，楚怀王悔恨交加，忧郁成疾，三年后客死于秦国。楚顷襄王即位不久，秦王又派兵攻打楚国，楚顷襄王仓皇撤离京城，秦兵攻占郢城。屈原在流放途中，接连听到楚怀王客死和郢城攻破的噩耗后，万念俱灰，伤心得放声大哭。他知道楚国已经没有希望了，眼看着楚国被毁，自己的故土、人民落在敌人手里，而自己却无能为力，这让屈原感到万分的痛苦和绝望。在五月初五这一天，屈原纵身投进了激流滚滚的汨罗江，以身殉国。

江上的渔夫和岸上的百姓听说屈原大夫投江自尽，都纷纷赶来救屈原，可是一片汪洋大海，根本找不到屈原的影子。大伙儿在汨罗江上捞了半天，也没有找到屈原的尸体。人们都知道屈原是一个爱国的大臣，便纷纷拿出家中的粽子、鸡蛋投入江中，好让鱼吃了便不再去咬屈原大夫的尸身。还有郎中把雄黄酒倒入江中，以便药昏水里的蛟龙水兽，使屈原大夫的尸体免遭伤害。从此，每年的五月初五，楚国人民都到江上划龙舟，投粽子，喝雄黄酒，以此来纪念这位伟大的爱国诗人，端午节的风俗便这样流传了下来。

商鞅徒木取信

　　春秋时期，无数次的兼并战争使诸侯国的数量大大减少，到战国时期，只剩下实力最强的七个诸侯国，分别是：齐、楚、燕、韩、赵、魏和秦国，史称"战国七雄"。起初，在这七国当中，魏国的实力最强，秦国的实力最弱，直到公元前361年，年仅21岁的秦国新君秦孝公即位，他下决心发愤图强，要振兴秦国。

　　首先，求贤若渴的秦孝公下了一道命令说："不论是秦国人或者外来的客人，谁要是能想办法使秦国富强起来的，就封他做官。"秦孝公这样一号召，果然吸引了不少有才干的人。有一个原本得不到重用的卫国贵族知道消息后，便投奔到秦国来，这个人便是商鞅。商鞅是战国时期有名的政治家、改革家和思想家，法家的代表人物，商鞅对秦孝公说："一个国家要富强，必须注意农业，奖励将士；要把国家治理好，就必须有赏有罚，这样朝廷才有威信，一切改革也就容易进行了。"秦孝公在商鞅的劝说下，决定在秦国国内实行变法，但却遭到了秦国一些贵族和大臣的竭力反对。秦孝公刚刚即位，羽翼尚不丰满，便没有执意坚持，而是把改革的事暂时搁置了下来。过了两年，秦孝公的王位坐稳了，就重新提出了变法的事，他封商鞅为左庶长，并且宣布说："从今天起，改革变法的事全由左庶长商鞅来执行。"

　　商鞅起草了一系列的改革法令，为了能够让这些法令有效地实施，首先要取得老百姓的信任。一天，商鞅命令手下在咸阳城的南门立了一根三

丈高的木头，人们纷纷围过来看个究竟。商鞅对围观的人说："谁能把这根木头搬到北门去，就赏一两金子。"不一会，南门口就围了一大堆人，围观的人纷纷议论，有的说："这根木头谁都拿得动，哪儿用得着一两赏金？"有的说："这么简单的事，竟然给一两金子，这里面一定有问题。"还有的说："说不定是当官的圈套，搬完了木头，又不给钱，这种事见得多了。"人们不住地交头接耳，议论纷纷，就是没有一个肯上前来搬木头。

商鞅见没有人行动，知道是老百姓还不相信他下的命令，就说："你们是不是嫌少啊，这样吧，谁把这根木头搬到北门，我给十两金子！"围观的人顿时炸开了锅："十两金子这么多啊，能买好多东西呢！"围观的人你瞧瞧我，我看看你，有的人开始按捺不住了，想去试试，可马上有人拉住他说："别犯傻了，说不定又是假的，天下哪有这等好事啊？"于是，那个跃跃欲试的人又缩了回来，继续观望。

没有想到赏金越高，看热闹的人越觉得不合情理，仍旧没人敢去扛。正在大伙儿议论纷纷的时候，有个年轻人路过这里，看到这里聚集了很多人，便也挤过来凑热闹，他愣头愣脑地问旁边的人发生了什么事，旁边的人便告诉他："把那根木头搬到北门，就可以拿到十两赏金！"小伙子听后马上就动了心，十两金子可不是一个小数目，够他买好多东西了，他不由自主地走到商鞅面前问道："你说的可是真的吗？"商鞅回答："当然，只要你把这根木头搬到北门，我就给你十两赏金。"话一说完，小伙子就上前扛起木头，大步流星地向北门走去。那些围观的人也好奇地跟着他，边走还边有人嘲笑他说："傻小子，哪有那么便宜的好事啊，你肯定上当啦。"小伙子也顾不了那么多，心想北门也不远，就算白搬也不要紧，反正我有的是力气。不一会，北门到了，小伙子刚放下木头，商鞅就立刻命人拿过来十两黄澄澄的金子，交给了小伙子，小伙子拿了钱，喜出望外地说道："真没想到，原来是真的有十两黄金啊！"围观的人看到后都后悔得要命，怪自己没相信商鞅的话，错失了赚钱的机会。

这件事很快就传了开去，一下子轰动了秦国，老百姓们都说："左庶长的命令果真是说到做到，这回我们可相信了。"秦王听说了这件事，就问商鞅："搬一根木头就给了十两赏金，是不是太多了？"商鞅回答说："大王您要实行新的改革，就必须先取得老百姓的信任。只有百姓信任了，我们的改革才能取得成功。现在老百姓已经知道大王您是守信的，新法颁布后一定会被遵守和拥护。"果然，当新的变革法令颁布后，得到了老百姓的遵守和拥护，秦国也随之变得越来越富强，一跃成为称霸诸侯的强国，为秦国日后灭六国统一天下奠定了坚实的基础。

苏秦合纵联六国

商鞅变法后，秦国逐渐强大起来，到了战国中期，秦国已经发展成为和齐国一样强大的国家。齐国位于东方，秦国位于西方，两国东西对峙，都在互相争取盟国，以图击败对方。而战国七雄当中的其他五国也不甘示弱，他们时而与齐、秦两国对抗，时而联合。大国间冲突加剧，外交活动也更为频繁，出现了合纵和连横的斗争。

所谓"合纵"，就是结成南北联盟，共同对付秦国，目的在于联合许多弱国抵抗一个强国，以防止强国兼并弱国。而"连横"，就是联合西边的秦国，攻击其他国家，以保全自己。目的在于侍奉一个强国为靠山从而进攻另外一些弱国，以达到兼并和扩展自己土地的结果。在这种形势下，出现了一批纵横家，他们之中的代表人物一个是洛阳的苏秦，他主张合纵；另一个是魏国的张仪，他主张连横。他们俩原本是同学，都曾跟随鬼谷子学习纵横捭阖之术多年。

最初，合纵与连横变化无常，苏秦和张仪等人游说于各个国家，后来，秦国的势力不断强大，成为东方六国的共同威胁。于是，苏秦的合纵成为六国合力抵抗强秦，张仪的连横则是六国分别与秦国联盟，以求苟安。秦国的连横活动，则是为了破坏六国间的合纵，以便孤立各国，各个击破。

苏秦最开始时也曾跑到秦国去劝秦惠文王用连横的办法，把六国一个一个地消灭。但他等了一年多，盘缠花光了，衣食也没了着落，秦惠文王也没有用他。苏秦只好回到老家，家人看他衣衫褴褛地回来，都看不起他。

于是，苏秦立志要做一番大事，便继续刻苦读书、研究兵法。他这样用功学习了一年多时间，研习了姜太公的兵法，分析了各国的地形、政治情况和军事力量，还研究了各个诸侯的心理。苏秦觉得自己已经有很大提升，他来到燕国见到燕文公，对他说："大王，燕国之所以还没有受到秦国的侵犯，是因为在燕国的西边还有赵国，您不跟近邻的赵国交好，反倒把土地送给远在西面的秦国，这种做法很不妥当。大王应该先跟邻近的赵国订立盟约，然后再去联络中原的其他诸侯一同抵抗秦国，这样才能使燕国安稳。"燕文公觉得苏秦说得很有道理，便给他准备了礼物和车马，让他去和赵国联络。

苏秦到了赵国，便对赵肃侯说："大王，您可知道如今秦国最注目的就是赵国，而秦国之所以不敢发兵来侵犯，是因为西南边有韩国和魏国挡住了秦国，要是韩国和魏国都投降了，那么赵国也就保不住了。在七国当中，齐、楚、赵、韩、魏、燕的土地比秦国大五倍，军队是秦国的十倍，如果六国联合起来，同心协力抵抗秦国，还怕打不过它吗？为什么还要一个个把自己的土地送给秦国呢？六国如果不联合起来，而是一味地向秦国割地求和，那一定不是长久之计。因为六国的土地有限，而秦国却贪心不足，您不可能拿全部的土地去奉承秦国。要是您约会各个诸侯国，与他们订立盟约，结为兄弟，不论哪一个国家遭到侵犯，其余五国都一同去帮助它。那么，秦国还敢欺负联合起来的六国吗？"赵肃侯听了，深深地赞同苏秦的主张，就拜苏秦为相国，叫他去与其他诸侯国联络。

后来，苏秦说服了各国诸侯联合起来抗秦，约会齐、楚、魏、韩、燕五国的诸侯到赵国的洹水会面，公元前333年，楚、齐、魏三个封王的诸侯和赵、燕、韩三个封侯的诸侯，一概称王，结为兄弟，告拜天地，订了盟约。苏秦凭借一己之力促成六国合纵，使强秦不敢出函谷关十五年，他被六国封为"纵约长"，执掌六国相印，统领六国合纵之事，叱咤风云多年，为后人所津津乐道。

完璧归赵

　　战国时期，秦国经过商鞅变法之后，逐渐崛起，势力开始进一步深入中原地区，中原各诸侯国无力独自与秦国抗衡，时常受到秦国的侵扰。此时，赵国经过了赵武灵王的军事改革，军事力量日渐强盛，秦国也不敢小觑赵国的实力。

　　公元前283年，赵王得到了一块名贵的宝玉和氏璧，秦昭襄王听说后就非常想要据为己有，于是，秦王便派使者到赵国对赵王说，秦国愿意拿十五个城池与赵国交换这块宝玉。赵王心里非常舍不得，但是因为赵国国势比亲国弱，因此也不敢拒绝，怕秦王一不高兴，就派兵攻打赵国，为了这件事，赵王伤透了脑筋。此时赵国的丞相是蔺相如，赵王便召见蔺相如，问他应该怎么办。蔺相如回答说："秦强赵弱，不可不许；不许，赵国没有道理；赵给了璧而秦不给城，秦国就显得没有道理了。"说完他就向赵王请命，由自己带着和氏璧去面见秦王，拿得到十五个城池便罢，拿不到必能完璧归赵。赵王很信任蔺相如，于是便同意了他的请求。

　　蔺相如带着和氏璧来到了秦国，秦王在王宫里接见了他，蔺相如把和氏璧呈献给秦王，秦王接过来左看右看，非常喜爱。他看完了，又传给大臣们一个一个地看，然后又交给后宫的妃子们去欣赏。蔺相如见秦王绝口不提割让十五座城池的事情，便知道秦王根本没有用十五座城池换取宝玉的诚意。于是他走上前去说道："和氏璧身上有点瑕疵，让臣来指给大王观看。"秦王一听说和氏璧上有瑕疵，便赶紧叫人把宝玉从后宫拿来交给蔺相如，让他指出来。蔺相如拿到了和氏璧，退后几步，倚着柱子，满面怒容，痛责秦王贪而无信，只想用空话骗取赵国的宝物。说到这时，蔺相如双手举起和氏璧，做出准备向柱子撞击的姿势，毅然说道："大王如果要用暴力夺取，臣的头颅和和氏璧将一同在柱子上撞个粉碎，决不让贵国占到半分便宜。"秦王生怕和氏璧受损，便假意取出地图指出了要用于交换的城池。

蔺相如知道秦王并不想真的交换，便对秦王说："赵王送璧到秦国来之前，斋戒了五天，还在朝堂上举行了一个很隆重的仪式。大王如果诚意换璧，也应当斋戒五天，然后再举行一个接受璧的仪式，我才敢把璧奉上。"秦昭襄王想，反正你也跑不了，只不过等几天的工夫，便同意了。蔺相如退下后，他料到秦王并没有诚意，便叫一个随从打扮成买卖人的模样，把和氏璧贴身藏着，偷偷地从小道逃回了赵国。五天以后，秦王高坐殿上，引见赵使者受璧。相如一双空手，来到殿上。他侃侃而谈，批评秦国的国君对诸侯一贯不讲信义，揭穿他割十五座城只是一句空话。秦廷上上下下，相顾失色，有人想要拖相如出去斩首，秦王却说："杀了相如，也得不到璧，

反而坏了两国交情。"只得放他回了赵国。

蔺相如圆满地完成了任务，回国以后受到了赵王的奖赏，被任命为上大夫，他以过人的谋略和胆识捍卫了国家和自己的尊严，成就了历史上"完璧归赵"的一段美谈。

毛遂自荐

战国时期，很多贵族公子和有权威的士大夫们，平素在家里都供养着一些有才华的人，这些人往往起着谋士和保镖的作用，当主人遇到什么急难险阻的事时，就需要这些人站出来出谋划策，这些被供养的人就叫作门客。赵国的公子平原君因贤能而闻名，他礼贤下士，府上供养的门客就有上百人。

这一年，秦国围攻赵国的都城邯郸，赵王派平原君出使楚国，请求和楚国建立盟约，共同抵御秦国。平原君知道此次出使任务艰巨，关系到赵国的生死存亡，而且只能成功不能失败，因此决定带自己府上有勇有谋、文武兼备的门客二十人一同前往楚国。在所有的门客当中，经过几轮挑选，平原君最后只选定了十九人，还差一个人，这让平原君很着急。正当平原君愁眉不展的时候，有一个门客主动请缨，希望能跟随一同前往楚国，这个门客就是毛遂。

毛遂对平原君说："公子，我听说您要去楚国订立盟约，现在同去的人还差一个，我请求和您一起去楚国。"平原君抬头看了他一眼，心里暗自想到：你这个庸人怎么能担此大任呢？但又不好直接说出口，便敷衍道："你愿意帮我解决困难，这点很好，但我想问你在我府上寄居有多久了？"毛遂恭恭敬敬地回答道："到现在整整三年了。"平原君说："那些有才能的人生活在世上，就同是锥子放在口袋里一样，锋利的锥尖很快就可以显现出来。而你在我的府上已经生活了三年，我从来都没有听别人称颂过

你的才能，也从来没听说过你的名声，可见你并没有什么过人之处，既然这样，你还是留在这里吧，就不要跟我一起去了。"毛遂恳求地说道："公子，我之所以没有像锥子一样从您的口袋里钻出，是因为我从来就没有像锥子一样放进您的口袋里。我是直到今天才请求进入口袋里的，如果我能早一点进入袋子，我这柄锥子早就刺破布袋，脱颖而出了！"平原君见毛遂气度不凡又如此坚决，除他之外又无人可选，最终就勉强带上了他。

到了楚国，平原君与楚王谈判订立合纵盟约的事，从早晨一直谈到了下午，纵使平原君费尽了口舌，仍旧没能说服楚王。与平原君同去的那十九位门客面面相觑，也是一点办法都没有，毛遂看到谈判马上就要进行不下去了，便紧握剑柄，快步走到了殿堂之上，他对平原君说："公子，谈合纵不是'利'就是'害'，为什么如此简单的问题却谈了这么久呢？"楚王见突然上来一个人，便问道："这个人是谁？怎么擅自闯进来？"平原君回答道："这是我的随从家臣毛遂。"楚王厉声呵斥道："我是跟你的主人谈判，你来干什么？马上给我下去！"毛遂紧握剑柄走上前去说："大王敢呵斥我，是依仗楚国人多势众。现在你与我只有十步之遥，十步之内大王有再多的人也没用，你的性命就掌握在我手中！"楚王这时不再说话了，毛遂接着说道："当年商汤凭着七十里方圆的地方统治天下，周文王凭着百里大小的土地使天下诸侯臣服，难道是凭借他们的士兵多吗？不是！是因为他们善于掌握形势而发扬自己的威力！如今楚国领土纵横五千里，士兵百万，如此强大的国家，任凭天下谁也无法挡住它的威势。而秦国区区几万人的部队，就连续攻破了楚国的城池，烧杀劫掠，使大王您的先祖受到凌辱，这是楚国百世不解的仇恨，理应复仇雪耻！合纵盟约是为了楚国，不是为了赵国，大王您还不明白吗？"毛遂慷慨的陈述终于把楚王折服，最后改变了态度说："好吧，我同意建立盟约。"就这样，赵国与楚国在殿堂上歃血为盟，订立了合纵盟约，楚国出兵解了邯郸之急，救了赵国。

平原君在成功返回赵国之后说道："原来我自以为能够识辨天下贤能之士，但却把毛遂先生遗漏了，真是惭愧。毛遂的三寸不烂之舌，真是比百万之师的威力还要强大，可是我以前竟没有发现他，以后我再不敢说自己能辨识人才了。"从此之后，平原君把毛遂尊为上宾，非常尊敬，"毛遂自荐"也成为自告奋勇，主动创造机会争取成功的典故。

信陵君尊礼侯赢

　　战国时期，魏国魏昭王有一个小儿子名叫魏无忌，因受封于信陵，人称信陵君。信陵君为人宽厚仁爱，礼贤下士，求贤若渴，因此人们都争相归附于他，这使信陵君的府上最多时有门客三千余人，让很多诸侯国都忌惮信陵君的势力，而不敢侵犯魏国。

　　当时魏国有个隐士，名叫侯赢，年纪已经70多岁了，因为家境贫寒，便在大梁夷门做守门的小吏。信陵君听说此人智慧过人，极有谋略，便打算请侯赢到自己府上做谋士。于是，信陵君就派人带着厚礼去请侯赢，没想到侯赢非但不感激，而且还傲慢地对来人说："我要信陵君亲自驾车来接我过去才行。"来人被侯赢的态度气得火冒三丈，心想你是什么身份，怎么敢让我家公子亲自来为你驾车？真是痴人说梦。于是，便气冲冲地回府禀报信陵君。大家都以为信陵君会说侯赢自不量力，可没想到，信陵君听到回报后，不但没生气，反而欣然同意了侯赢的要求。府上的谋士们听说这件事，都说侯赢简直太狂妄自大了，不该提出如此过分的要求，公子虽然仁厚，但也不能失掉贵族的身份亲自为侯赢驾车。但不论大家怎么说，信陵君都没有改变自己的主意。

　　为了表示诚意，信陵君将车上左边尊贵的位置空了出来，而自己坐在车夫的位置上，亲自驾着马车来到侯赢看门的地方，然后恭恭敬敬地给侯赢作揖，请他上车。侯赢整理了一下破旧的衣帽，一点也没客气，大模大样地坐上了车。等到侯赢坐稳了，信陵君问道："先生，您可坐好了？"

侯赢点点头。于是信陵君就像车夫一样，驾着马车离开了，脸上没有丝毫的不高兴。当车子路过热闹的集市时，只听侯赢突然说："停车，我有一个朋友在这里，我现在要去拜访他。"信陵君马上就把马勒住，搀扶着侯赢下了车，然后恭敬地在一旁等候。侯赢慢条斯理地走了，可过了很长时间也不见回来。这时，信陵君的随从们都等不下去了，他们对信陵君说："公子回去吧，侯赢太过分了，您亲自来接他，他还要您在这里等这么长时间，您对他已经仁至义尽了，我们不要再等了。"可信陵君不听，仍旧耐心地等着。集市上的人见尊贵的信陵君亲自驾车等一个老头，也都过来看热闹，纷纷指责侯赢的狂妄，夸赞信陵君的仁厚。而此时，侯赢正在不远处和朋友喝茶聊天，偷偷地观望信陵君的神色，朋友几次催他该走了，不要让信陵君等太久，可是侯赢就是不走，直到太阳快要落山了，侯赢见信陵君始终和颜悦色，才向朋友告辞，回到了马车上。

到了信陵君府上，丰盛的酒席早已安排好，信陵君请侯赢坐到上席，并向全体宾客介绍侯赢，为他接风。当大家酒兴正浓时，信陵君站起来向侯赢敬酒，侯赢对信陵君说："我只是个看门的小吏，而公子今天却肯亲自驾车来接我，还对我没有任何的不满。在大庭广众之下，我本不该再去拜访朋友，但公子竟也屈尊一直在旁边等候。我为了成就您的爱士之名，所以故意让您在集市上等了那么久，以此来观察您的态度，可是您始终很谦恭。因此，街市上的人都认为我是小人，而视您为礼贤下士的君子，传扬您的美名。"这下在座的宾客们才恍然大悟，明白了侯赢的良苦用心。从此之后，侯赢便被信陵君奉为上宾，尊敬有加。后来，侯赢在信陵君窃符救赵的过程中发挥了重要作用，而且在事成之时向北自刎，成就了"士为知己者死"的千古绝唱。

张良拾履

　　张良是秦末汉初时期杰出的政治家、军事家，汉高祖刘邦的重要谋臣，为汉王朝的建立立下过汗马功劳，因此与韩信、萧何并称为"汉初三杰"。

　　张良出身于贵族世家，祖父张开地，是战国时韩国三朝的宰相；父亲张平，继任韩国二朝的宰相。后来韩国灭亡，年轻的张良便想刺秦复仇，但在博浪沙狙击秦始皇时没有成功，因此便逃亡至下邳居住。有一天，张良来到沂水河圯桥散步，见桥墩上坐着一位白头发、白胡须的老翁，身上穿着褐色的麻布短衣，手拄一根赤黑色的手杖，脚穿一双黑色的麻布鞋，上面还沾满了油腻污垢。老翁见张良走过来，便故意将脚上的鞋子踢落到桥下，对张良喊道："小子，你把鞋给我拣上来！"张良听到老人对自己这么说话，就有些生气，但一看他这么一大把年纪，身体又不太好，肯定不能自己下去捡鞋，只好一声不吭的下桥把鞋拣了上来。

　　看着张良拿着鞋子走上桥来，老人脸上露出了一丝笑容，但他并没有接过鞋子，而是傲慢地伸出脚，对张良说："来！给我穿上。"张良心想，既然已经拣上来了，穿一下倒也没什么，就擦干净鞋上的泥，单膝跪在地上，恭恭敬敬地给老翁穿上了鞋。老翁非但不谢，反而看着张良哈哈大笑，一句话也没说就拄起手杖，转身而去。老翁这一番奇怪的行为，使张良感到莫名其妙，他看着老翁远去的身影，一时还没有回过神来。没想到老翁回头一望，见张良还在目送他，便又折返回来，对张良说："你这孩子，还值得我来教导一番，五天后，天刚亮时，你到这儿来等我。"还没等张良回答，老翁已转身离去，只留张良一个人呆呆的留在原地。

张良虽然觉得老人的行为很奇怪，但还是决定按照他的要求赴约。五天后，天刚蒙蒙亮，张良就来到桥上，没想到老人早就等候在那了。看到张良来迟了，老人生气地说："和长辈相约，反而比长辈来得还晚，这怎么像话？过五天你早点来这等我！"说完便拂袖而去。过了五天，天还未亮，张良就早早起了床，向那座桥急急奔去。谁知老人又已经等候在那里了，见到张良又来晚了，老人大怒着喊道："怎么又迟到了？过五天再早点儿来！"又过了五天，张良想这次无论如何也不能迟到了，因此半夜时分他就来到桥头等着。过了一会儿，只见老人步履蹒跚地走过来，张良急忙上前扶住了老人，老人见张良这回早早来了，便露出了笑容，语重心长地说道："年轻人就应该如此！"说着，老人从怀里拿出了一卷书，递给张良说："这是一本世上少有的奇书，我一直找不到合适的年轻人来传授，你后生可畏，现在我就把它传给你！你把它学好，就会有远大的谋略，实现自己的抱负！"张良深深地谢过老人，接过书一看，原来是《太公兵法》。张良十分爱惜这本兵书，回去以后反复诵读，认真体会，增长了不少的才智，终于成了一位杰出的军事家。后来，张良协助刘邦开创了汉朝，立下了汗马功劳，也在历史上留下了这段"张良拾履"的佳话。

苏武不辱使命

公元前 3 世纪的战国时期，匈奴族在我国北方的大草原上逐渐兴起。秦末汉初，匈奴的势力达到鼎盛，统治着我国北方的大片区域。由于匈奴生活在天寒地冻、风雪交加、物资匮乏的艰苦环境中，使得他们各个英勇善战，身强体壮。他们不仅各部落之间经常征战，还常常进犯秦汉边境。而汉王朝当时的经济力量尚未恢复，因此从刘邦到汉武帝初年，一直对匈奴采取和亲的政策，每年送给匈奴大量的礼物和金钱。但是，和亲政策并没能完全阻挡匈奴贵族的掠夺，汉朝的北部边疆仍然时常遭到破坏，无数的汉族人民被抢走或杀死。汉武帝时，西汉经过近七十年的休养生息，社会经济有了很大发展，军事力量也得到加强。汉武帝决定改变和亲政策，先后派出卫青和霍去病统领大军，发动了全面反击匈奴的战争，经过几年的征战，汉军大获全胜凯旋而归。匈奴自从被卫青和霍去病打败以后，双方和平相处了几年，但他们表面上要跟汉朝和好，实则背地里还是准备随时进犯中原，就连汉朝派去出使匈奴的使者也经常被单于扣留。

公元前 100 年，汉武帝正准备再次派兵攻打匈奴，匈奴便提前派使者来求和了，还把匈奴以前扣留的汉朝使者都放了回来。汉武帝为了答复匈奴的善意表示，便派中郎将苏武拿着旌节，带着副手张胜和随员常惠出使匈奴。苏武到了匈奴后，送上了礼物，完成了出使任务，正准备等单于写个回信让他回去，没想到就在这个时候，却出了差错。

原来有一个生长在汉朝的匈奴人，叫卫律，几年前在出使匈奴时禁不住诱惑投降了匈奴，单于封他为王，而且还很重用。卫律有一个部下叫作虞常，他对卫律很不满，便计划刺杀卫律，但却没有成功，卫律对虞常百般审问后发现，虞常跟汉朝使者的副手张胜是朋友，而虞常在刺杀卫律之前曾跟张胜提过他的刺杀计划。卫律认为汉朝的使者是虞常的同谋，便报告给单于，单于大怒，想杀死苏武等人，被大臣劝阻了，单于又叫卫律去逼迫苏武投降。苏武一听卫律叫他投降，就说："我是汉朝的使者，如果违背了使命，丧失了气节，活下去还有什么脸见人。"说完便拔出刀来想要自尽，卫律慌忙阻止，但此时的苏武已经受伤昏了过去。卫律赶快叫人抢救，苏武才慢慢地苏醒过来。

　　单于觉得苏武是个有气节的好汉，十分钦佩他，等苏武伤痊愈了，单于又想逼苏武投降。单于派卫律审问虞常，让苏武在旁边听着，卫律先把虞常定了死罪，立刻斩首。接着，又举起剑来威胁张胜，张胜贪生怕死，立刻投降了。卫律又举起剑威胁苏武，苏武毫无惧色。卫律无奈，只好把举起的剑放下来，劝苏武说："我卫律以前背弃汉廷，归顺匈奴，幸运地受到单于的大恩，赐我爵号，让我称王，给我几万名的部下和满山的牛羊，享尽富贵荣华。苏君你今日投降，明天也跟我一样，何必白白送掉性命呢？又有谁知道你呢？"苏武对他的话毫无反应，卫律又说："你顺着我而投降，我与你结为兄弟，今天不听我的安排，以后再想见我，就没有机会了！"苏武听后愤怒地说："卫律，你是汉人的儿子，做了汉朝的臣下。你忘恩负义，背叛了朝廷，厚颜无耻地在异族做了汉奸，还有什么脸来和我说话？我决不会投降，你怎么逼我都没用！"

　　卫律知道苏武终究不可胁迫投降，只好向单于报告，单于听后非常生气，越发想要使他投降，就派人把苏武囚禁起来，放在大地窖里面，不给他吃的喝的，想用长期折磨的办法，逼他屈服。而此时正是寒冬腊月，外面下着鹅毛大雪，苏武忍饥挨饿，渴了，就嚼一把雪止渴；饿了，就扯一些皮带、羊皮片啃着充饥，过了几天，居然没有饿死。匈奴以为神奇，就把苏武押送到北海边上的荒芜之地，让他在那里放牧公羊。苏武问何时才能放他回到汉朝，得到的答复却是："那就等到公羊生了小羊才后吧！"

同时把他的部下及其随从人员常惠等人分别安置到了别的地方服役。

苏武在荒无人烟的北海，唯一和他做伴的就是那根代表汉朝的旌节。匈奴不给口粮，他就掘野鼠洞里的草根充饥。一直到了公元前85年，匈奴的单于死了，匈奴发生内乱，分成了三个国家。新单于没有力量再跟汉朝打仗，于是又打发使者来求和。那时候，汉武帝已经去世，他的儿子汉昭帝即位。汉昭帝派使者到匈奴去，要单于放回苏武等人，匈奴谎说苏武已经死了。第二次，汉使者又到匈奴去，苏武的随从常惠还在匈奴，他买通匈奴人，私下和汉使者见面，把苏武在北海牧羊的情况告诉了使者，让他设法搭救。使者见了单于，便设计责备他说："匈奴既然真心想同汉朝和好，就不应该欺骗汉朝。我们皇上在御花园射下一只大雁，雁脚上拴着一条绸子，上面写着苏武还活着，你怎么说他死了呢？"单于听了吓了一跳，他还以为真的是苏武的忠义感动了飞鸟，连大雁也替他传递消息，便立刻向使者道歉说："苏武确实还活着，我们把他放回去就是了。"苏武这才得以重返汉朝。

苏武40岁出使匈奴，在饱受了十九年的折磨后，终于回到故土。当已经满头白发的苏武终于回到长安，全城的百姓都出来迎接他，当大家看到白胡须、白头发的苏武手里依旧拿着他出使时的旌节，纷纷感动得落泪，苏武也被赞颂为忠肝义胆、不辱使节的真丈夫。

司马迁忍辱著《史记》

两千多年前，一位史学家在遭受了莫大的屈辱以后，忍辱负重，用心血和汗水完成了一部伟大的史学著作，这个人就是司马迁，这部史学巨著就是《史记》。

《史记》是我国第一部纪传体通史，二十四史的第一部，全书共分为12本纪、10表、8书、30世家、70列传五个部分，共130篇，五十二万余字，记载了我国从传说中的黄帝到汉武帝太初四年长达三千余年的历史。它规模宏大、体制完备，涉及了哲学、政治、经济、文学、美学、天文、地理甚至医学占卜等方面，几乎囊括了各个历史时期社会活动的全部内容，堪称一部百科全书。同时，《史记》还是一部优秀的文学著作，在文学史上有着重要地位，具有极高的文学价值，被鲁迅赞誉为"史家之绝唱，无韵之《离骚》"。而就是这样的鸿篇巨制，却是作者司马迁在忍受宫刑屈辱之后完成的，展现了一位史学家不屈的意志和顽强的精神，成就了一座不朽的史学丰碑。

司马迁，字子长，生于史官世家，祖上几辈都担任史官。司马迁的父亲司马谈精通天文、历史和诸子之学，在汉武帝时为太史令，也就是掌管编写国史的官员。司马迁从小就喜欢读书，十几岁时便能诵读古文，20岁时，司马迁开始外出游历，他不仅了解了祖国的名山大川，还搜集到许多资料，丰富了见闻，印证了许多史实。回来后，司马迁出任郎官，多次随从汉武帝巡行各地，更加广泛地搜集了史料，进行调查研究，为撰写《史

记》打下了坚实的基础。后来，父亲司马谈病重，临终前，司马迁答应父亲，要继承他的遗志，完成父亲编撰史书的心愿。公元前108年，司马迁继任了父亲的职位，做了太史令，开始动笔撰写《史记》。

公元前99年，名将李广的孙子李陵率领大军攻打匈奴。虽然李陵英勇善战，但他孤军深入，与匈奴骑兵激战数日，但是匈奴兵越来越多，汉军寡不敌众，后面又没有救兵，最终兵败投降。李陵投降匈奴的消息震动了朝廷，汉武帝因此将李陵的母亲和妻儿都关进了监狱，并且召集大臣，要他们议一议李陵的罪行。大臣们都将兵败投降之事尽归咎于李陵一人，谴责他不该贪生怕死，向匈奴投降。汉武帝询问司马迁的看法，为人正直的司马迁没有趋炎附势，而是设身处地地替李陵说道："李陵带去的兵马不足五千，他深入到敌军腹地，打击了几万敌人。他虽然打了败仗，可是杀了那么多的敌人，也可以向天下人交代了。李陵不肯马上去死，准有他的主意。他一定还想将功赎罪来报答皇上。"汉武帝听了，认为司马迁是在为李陵辩护，便勃然大怒，呵斥司马迁："你这样说是替投降敌人的人强辩，是存心反对朝廷！"说罢，便将司马迁定了罪，押牢待斩。

按照当时汉代的法律规定，犯死罪之人可以用五十万钱来赎死，或者以腐刑来免死。司马迁为官清廉，根本没有钱来赎罪，要活命，唯一的选择就是接受腐刑。腐刑是当时所有刑罚中最屈辱的一种酷刑，也就是宫刑。司马迁身陷狱中，思前想后，几乎想自杀，但他考虑到父亲交给自己的伟大事业，在生与死的思想斗争中，悟出了人生价值。他以古人前贤虽身处逆境、历经艰辛磨难，最终成就大业的事例来激励、鞭策自己。因此，虽然腐刑给司马迁身心带来极大的伤害，但他忍辱负重，用心血和汗水坚持撰著《史记》，终于在公元前93年完成了这部空前的历史巨著。

司马迁在他的《史记》中，以历朝帝王的顺序年代为纲对历史大事进行了记述，以古代政治中心人物为线索，如实记录了上古到汉各阶层不同地位、不同职业人物的生平活动，内容极为丰富生动。这些内容不仅忠实于历史，而且有作者自己的立场和观点，他鞭挞黑暗、表彰正义、反对贪暴、同情弱小。同时还运用大量篇幅记录了明君、贤臣、反抗强暴的英雄及中下层一些人物的事迹，歌颂了他们的历史贡献和优秀品质。对于农民起义的领袖陈胜、吴广，司马迁给予高度的评价，对被压迫的下层人物又表示出同情的态度，成就了"究天人之际，通古今之变，成一家之言"。《史记》对人物的描写和情节的叙述上语言生动活泼，形象鲜明丰富，使其不仅在史学上意义重大，而且在文学上也具有重要的价值，对后世史学和文学的发展都产生了深远影响。

司马迁在《史记》完成之后，悄然无声地离开了人世，他生前为人所不齿，死后却以他的著作光耀千古，他用渊博的学识、深邃的思想、不朽的人格和生命的精华铸造了历史的丰碑，世世代代为后人所敬仰。

昭君出塞为和平

汉朝经过几代的发展，到汉宣帝时，国力已经进一步强盛，而此时的匈奴却因为内讧而四分五裂。主张与汉朝和好的呼韩邪被他主张征战的哥哥郅支打败后，便率部队投降了汉朝，成为第一位到中原来朝见的匈奴单于，汉宣帝也因此给予他极高的礼遇。呼韩邪在长安居住了一个月，见识到汉朝的强盛，领略了别样的中原风情，等呼韩邪离京时，汉宣帝派万名精兵护送，还赠送给他许多粮食作为礼物。

回到匈奴之后的呼韩邪，随着他哥哥郅支单于的死亡，地位逐渐得到稳固，他心理感念汉朝对自己的帮助，也对中原生活久久不能忘怀。公元前33年，呼韩邪再次来到长安，向已经即位的汉元帝表达自己诚恳的心愿，希望和汉族和亲，世代和汉朝亲好。汉元帝听后立即应允了他的请求，并决意挑选一名宫女以公主的身份嫁给呼韩邪。

汉元帝向后宫传达了圣意："谁如果愿意嫁到匈奴去，就给予公主的待遇。"虽然能得到公主的礼遇很难得，但是一想到要嫁到偏远且环境恶劣的蛮荒之地，而且匈奴和汉朝一直关系不稳定，万一战火再起还会有性命之忧，宫女们还是望而却步了，这让管事的大臣非常着急。

此时，有一位叫王昭君的宫女主动请缨，自愿到匈奴去和亲。原来，这位宫女名叫王嫱，又叫昭君，长得十分美丽，又很有见识。长期居于后宫，使她早已厌倦了这种不见天日、你争我斗的日子，如果能够争取这次机会出宫，为两个民族的和平做点事，对一位深居后宫的女子来讲意义非凡。昭君的报名乐坏了管事的大臣，他赶忙上报了汉元帝。汉元帝当即决定立刻挑选良辰吉日，以公主的礼遇为王昭君和呼韩邪单于完婚。单于得到了这样年轻美丽的妻子，又高兴又激动。在长安完婚后，呼韩邪单于就要返回匈奴了。临行前，呼韩邪和昭君一同觐见汉元帝，感谢圣恩，汉元帝这才看见仪态大方、美丽端庄的王昭君，他立刻觉得惊为天人，心里很舍不得王昭君离去，但事已至此，只好忍痛割爱送走了昭君，并陪送了丰厚的嫁妆。

王昭君在汉朝和匈奴官员的护送下，离开了长安。她骑着马，冒着刺骨的寒风，走在前往匈奴的路上，想着自己的过往感慨万千，如今又远嫁他乡，不知何时再见父母亲友，离愁别绪顿时涌上心头，可昭君明白她此行的意义非凡，身上肩负着重要的使命，这使她暗自发誓一定要尽自己最大的努力维护民族间的和平。

呼韩邪单于对来到匈奴的王昭君特别好，将她封为王后。王昭君在匈奴期间，参与政事，对于汉朝和匈奴间的沟通与和睦起着调和作用。她多次劝说单于不要去发动战争，应该明廷纲，清君侧，修明法度，多行善政，举贤授能，奖励功臣，以得民心，取汉室之优，补匈奴之短。她还把汉朝先进的农耕技术和文化传给匈奴，帮助匈奴人民发展生产。在王昭君的帮助下，呼韩邪部落逐渐发展、强盛起来，人民生活水平也显著提高。打这以后，匈奴和汉朝和睦相处，有六十多年没有发生战争，饱经战乱之苦的汉匈各族人民，都深深地爱戴着这位美丽的和平使者。王昭君死后，单于

遵照她的遗愿，将她葬在能够看见家乡的地方——归化。而归化原本是个偏僻荒凉的地方，王昭君下葬后，这里竟然长出茂盛的青草，因此大家都称她的墓为"青冢"。昭君出塞，如同一条无形的纽带，密切了西汉王朝与匈奴之间的关系，播下了汉匈两族和平友好的种子，成为我国历史上民族团结的典范，千百年来为人们所世代称颂。

节俭的皇帝

　　节俭是一种美德，古今中外，大凡情操高尚、自律奋进的人都十分崇尚节俭。西汉的汉文帝就非常崇尚节俭，他廉洁爱民，严于律己，励精图治，才造就了"文景之治"的盛世。

　　汉文帝刘恒是汉高祖刘邦的第四子，24岁时登上皇位，他在位期间，正是汉朝从国家初定走向繁荣昌盛的过渡时期，然而汉文帝却十分节俭，他在位的23年，没盖宫殿，没修园林，甚至连车骑服御之物都没有增添一件，而且屡次下诏禁止郡国贡献奇珍异宝，平时的穿戴也都是用粗糙的黑丝绸做的衣服，这样的皇帝在我国的历代帝王中实属少见，可谓是注重简朴的典范。在文帝当政时，社会生产生活有了一定发展，人们已经穿上了布鞋，原来的草鞋就逐渐沦为贫民的穿着。但由于制作草鞋的材料以草和麻为主，非常经济，而且取之不尽，用之不竭，汉文帝虽贵为天子，但也非常喜欢，每每上朝仍然还穿着草鞋，做出了勤俭节约的表率。不仅是草鞋，就连他的龙袍，也是当时一种很粗糙的色彩暗淡的丝绸做成的。而就是这样的龙袍，汉文帝也一穿就是好几年，破了就打个补丁再穿。汉文帝自己穿粗布衣服不说，就连后宫的妃子们也是朴素服饰。当时，贵夫人们长衣拖地是很时尚的，而他为了节约布料，即使给自己最宠幸的夫人，也不准衣服长得下摆拖到地上。宫里的帐幕、帷子等就更不能有刺绣和花边了。

　　古代皇帝住的宫殿，大都要修建又大又漂亮的露台，用来欣赏室外美

景。汉文帝也想造一个露台，他让工匠们算算要花多少钱。工匠们说，不算多，大概一百斤金子就足够了。汉文帝听后吃了一惊，忙问："这一百斤金子合多少户中等人家的财产？"工匠们粗略地算了一下说："十户"。汉文帝连忙又摇头又摆手地说："现在朝廷的钱很少，还是把这钱省下吧。"汉文帝总是把节省下来的钱用来关心老百姓的疾苦，在他刚当上皇帝不久时就下令：由国家供养 80 岁以上老人，每月发给他们米、肉和酒；对 90 岁以上的老人，再增发一些麻布、绸缎和丝绵，给他们做衣服。文帝还亲自耕作，做天下的表率，推动了生产力的迅速恢复与发展。

　　文帝临死前，在遗诏中痛斥了厚葬的陋俗，要求为自己简办丧事，对待自己的归宿"霸陵"提出明确要求："皆以瓦器，不得以金银铜锡为饰，不治坟，欲为省，毋烦民。"一切都按照山川原来的样子因地制宜，建一座简陋的坟地，没有大兴土木，没有改变山川原来的摸样。成由勤俭败由奢，像汉文帝这样一生为民、俭朴勤政，孜孜以求的皇帝，历史上并不多见。后来赤眉军攻进长安，所有皇陵都被挖了，唯独没动汉文帝的陵墓，因为知道里面也没有什么好东西。文帝当政期间，以他的仁政，使社会稳定、经济繁荣，为他的接班人景帝再创辉煌打下了坚实的基础，而他自己也成为名垂青史的一代明君。

王充 "驳鬼"

从我国古代开始，鬼神之说一直是比较普遍的世俗迷信，甚至在现代科学发展的今天，我们仍会听到一些 "鬼故事"。在鬼神崇拜泛滥成灾的汉代，上自皇帝大臣，下至黎民百姓，几乎无不迷信鬼神，以求福佑。对于这一普遍存在的社会现象，有一位著名的无神论斗士进行了系统而深刻地批判，他就是王充，我国东汉杰出的思想家，唯物主义哲学家，著有《论衡》一书。

王充针对当时流行的 "人死为鬼，有知，能害人" 的说法，提出了 "人死不为鬼，无知，不能害人" 的无神论主张，并作了详细论证。王充认为，人死了骨肉化为灰土，精神也随之消亡，并不能变成鬼，因此世界上根本没有鬼神存在。人们所谓见鬼，其实是一种心理作用造成的，所见的鬼也只不过是一种幻象而已。既然如此，那么社会上为什么会产生种种鬼神观念呢？他说：'凡天地之间有鬼，非人死精神为之也，皆人思念存想之所致也，致之何由？由于疾病。" 人害病就 "畏惧鬼至，畏惧则存想，存想则目虚见"。

有人对此进行辩解，举出人见过鬼的例子，王充便风趣地说："从古至今，几千年来死去的人比现在活着的人不知多多少，如果人死了都变成鬼，那么满屋子、满院子就都是鬼了，就连大街小巷都挤满了鬼。人要是能看见鬼，就该看到几百万、几千万，可是有几个人见过鬼呢？那些见过的，也只说看见一两个，可见他们自己的说法都是自相矛盾的。"

有人又拿古书上记载的事情辩解，说只有只有死的时候心里有怨气、精神没散掉的，才能变成鬼。春秋时期，吴王夫差把伍子胥放在锅里煮了，又扔到江里。伍子胥含冤而死，心里有怨气，变成了鬼，所以年年秋天掀起潮水，发泄他的愤怒。王充反驳说："伍子胥的仇人是吴王夫差。吴国早就灭亡了，吴王夫差也早死了，伍子胥还怨谁呢？伍子胥如果真的变成了鬼，有掀起大潮的力量，那么他在大锅里的时候，为什么不把把那一大锅滚水泼在吴王夫差身上呢？"王充精彩的辩驳让那些认为有鬼的人哑口无言。

针对秦汉方士与儒生所宣扬的人可以"得道仙去"、"度世不死"的荒诞之论，王充指出："夫人，物也。虽贵为王侯，性不异于物。物无不死，人安能仙？"淮南王安因谋反而被诛，"天下并闻，当时并见"，李少君"死于人中"，人所共知，这些成仙得道的虚妄之言之所以流传至今，是由于"世好虚传"，而编造的人又不顾最起码的事实的结果。王充以雄辩的事实，朴素的辩证法思想，否定了人能长生不死、成仙得道的神话，为王充的无神论奠定了坚实的基础。在当时的时代，王充敢于逆流而上，批判鬼神信仰，这种大无畏的精神更加难能可贵。

蔡伦造纸

　　纸是我们日常生活当中最常用的一种物品，无论是书写、阅读，还是生产生活，都离不开纸。我国是世界上最早发明纸的国家，在造纸术的发展历程中，东汉时期的蔡伦是我们必须要提到的一位卓越的革新者。蔡伦，字敬仲，湖南耒阳人，是我国古代著名的造纸技术专家。他在总结前人造纸经验的基础上，改进造纸技术，扩大了造纸原料的来源，把树皮、破布、麻头和渔网这些废弃物品都充分利用起来，降低了纸的成本，并且提高了纸张的质量，使纸张为大家所接受。

　　在蔡伦之前，纸还没有发明，所有的文字只能写在笨重的竹简上，蔡伦每天办公翻阅的竹简就有上百斤重，非常辛苦。怎样才能找到一种新的书写材料，既轻便又简单，还省时省力呢？为了找到这种写字材料，蔡伦在生活中处处留意。有一天，他看见一个老头儿在剥桦树皮，那里边一层一层的薄树皮，又光滑又轻盈，他拾起了几片树皮反复观看，越看越觉得是写字的好材料。于是他就把一些桦树皮带回家，研墨提笔，在树皮上写了几个字。过了几天，桦树皮干了，表层也皱起了纹路，上面的字也跟着变了形，甚至有些字都无法辨认了，蔡伦只好将这些桦树皮扔进了柴堆里。

　　又一年春天，蔡伦的好朋友张纸回家给父亲过 70 大寿，蔡伦随同一起去拜访。张纸的家住在白水淮沟河，祝寿完毕后，蔡伦独自一个人到村外去游玩。路过一个水池边，蔡伦看见一群孩子从池里水面上挑起稠稠的浆质，摊放在破席片上去晒，晒干了就揭下来玩。他问孩子们玩的是什么，

孩子们调皮地回答说是棉花皮。蔡伦从小孩的手里要来棉花皮，仔细端详抚摸，发现其质地柔韧轻薄，正是书写文字的好材料，这使蔡伦大为惊喜。随即就找来笔墨在上面写了几个字，字迹很快就变干了，而且非常清楚，这让蔡伦十分高兴。为了弄清楚这些原料的来源，他仔细察看了池子里的浆质，看了很久，还是没有弄明白。他向附近的村民们询问，村民说这池子原本是个死水潭，起初用来饮牛，后来，有人把弹棉花后剩下的烂棉絮扔进了池子，越来越脏，再后来，大家就把烂鞋、臭袜子、绳头、烂皮片之类的东西都往里扔，时间一长，水就变成了浆糊。小孩子们掏着晒干玩，大人们也不知道那些沤变物叫什么。蔡伦听完，又仔细看了看手里的棉花片，心中暗暗打定了主意。

第二天，蔡伦请了几个帮手，按照村民的说法，到处拣麻、布、棉絮、树皮等一类沤物，扔进自己挖好的池子，然后用水浸泡，经过打浆、搅混、沉淀、干燥等程序反复试验，没过多久就制造出了理想的书写材料。因为这个创造是在张纸的家乡发现的，蔡伦就把这种书写材料起名为"纸"，并把每一片称为一张，俗称"纸张"。从此，世上才有了纸这一材料。最开始试制的纸，质地比较粗糙，还很容易破碎，蔡伦经过不断地试验和改进，使制造的纸越来越好。蔡伦制造的纸不仅体轻质薄，色白柔软，而且还可以折贴，方便剪裁，很适合写字。又是以废物作原料，价格低廉，便于推广。工艺流程也不复杂，易于制造，因此受到了普遍的欢迎。东汉元兴元年也就是公元105年，蔡伦把他制造出来的一批优质纸张献给汉和帝刘肇，汉和帝很赞赏他的才能，马上通令天下采用。这样，蔡伦的造纸方法很快传遍各地，他也因此被奉为造纸祖师，受到后人的尊敬和怀念。

蔡邕救琴

　　在我国古代，人们常用"琴、棋、书、画"这四项技能来表示文人骚客的文化修养，其中排在首位的"琴"是我国历史上最古老的弹拨乐器之一，现在称"古琴"或"七弦琴"。古琴的制作历史悠久，许多名琴都有文字可考，而且具有美妙的琴名与神奇的传说，其中最著名的便是齐桓公的"号钟"、楚庄王的"绕梁"、司马相如的"绿绮"和蔡邕的"焦尾"，这四张琴被人们誉为"四大名琴"而名扬四海。与其他三张琴相比，蔡邕的"焦尾"琴名直白无华，但其身世却非同寻常，它的诞生更是有一段传奇的经历。

　　蔡邕，字伯喈，河南开封人，东汉时期著名的文学家、史学家、音乐家，著名才女蔡文姬之父。蔡邕精通音律，才华横溢，为人刚正不阿，性情耿直，东汉汉灵帝在位时，他入朝为官，对于一些不好的现象，他总是敢于对灵帝直言相谏。遇到意见不合时，蔡邕总是据理力争，经常会顶撞汉灵帝，次数多了，灵帝便逐渐讨厌起他来。灵帝身边的宦官也对蔡邕的正直有所忌惮，便常常在灵帝面前说他的坏话，这使蔡邕的处境越来越危险。蔡邕知道自己的处境艰难，于是便悄悄地打点了行装，借机逃出了京城，远远来到吴地隐居了起来。

　　蔡邕本人十分爱好音乐，而且通晓音律，精通古乐，善于弹奏古琴和谱写琴曲，而且对古琴的制作也很有研究，关于古琴的选材、制作和调音，他都有一套精辟独到的见解。从京城逃出来的时候，蔡邕舍弃了很多财物，但唯独带着自己心爱的古琴，在隐居的日子里聊以慰藉。

　　有一天，蔡邕正在房间里抚琴长叹，女房东在隔壁的灶间里烧火做饭，她将木柴塞进灶膛里，火星乱蹦，木柴被烧得劈啪作响。忽然，蔡邕听到隔壁灶堂里传来一阵清脆的爆裂声，不由得心中一惊，这木头烧爆的声音很特别，竖起耳朵细细听了一下，蔡邕马上大声疾呼起来："别烧了，别烧了，快灭火！"边喊边往灶间跑。来到炉火边，蔡邕也顾不得火势多大，伸手就将那块刚塞进灶膛当柴烧的桐木拽了出来，大声喊道："快灭火，快灭火，这可是一块难得一见的做琴好材料啊！"女房东赶紧将桐木上的火熄灭，但蔡邕的手还是被烧伤了。好在抢救及时，这块桐木还很完整，并没有被烧坏。蔡邕顾不上被烧伤的手，惊喜地在桐木上又吹又摸，细细端详，爱不释手。蔡邕将这块桐木收了下来，依据桐木的长短、形状，精雕细刻，费尽了几天的心血，终于将这块桐木做成了一张古琴。他将烧焦了的一端做成古琴的琴尾，只是仍有烧焦的痕迹，因此便取名"焦尾琴"。这张琴弹奏起来，音色美妙绝伦，声音不同凡响，盖世无双，胜过了皇宫中的名琴。后来，这把琴流传下来，成了世间罕有的稀世珍宝。

华佗和麻沸散

现在我们经常用"华佗再世"来形容一个人医术高明，可见华佗的精湛医术和他在我国人民心目中的地位。华佗，字元化，是我国东汉和三国时期的著名医学家。他医术超群，精通内科、外科、妇科、小儿科和针灸科，尤其擅长外科。他发明的"麻沸散"，是世界上最早发明和使用的高效麻醉药，他以此来实施全身麻醉进行外科手术，是世界上最早做剖腹手术的医生，是我国医学史上的"外科始祖"，被人们赞誉为"神医"。

华佗生活在群雄割据的东汉末年，由于战争频繁，水旱成灾，疫病流行，因此军队和老百姓受伤、生病的很多。看到这样的社会现实，华佗年少时就立志成为一名治病救人的医生，后来苦心钻研医术而不求仕途，逐渐成为一位远近闻名的名医。华佗擅长外科，常常要给病人做手术，可那时候还没有麻醉药，手术时，病人往往要忍受巨大的痛苦，经常疼得拳打脚踢，华佗只好把病人的手脚捆起来。可看到病人痛苦的样子，华佗又十分心疼，因此决心要寻找一种减少病人手术痛苦的方法。

有一天，几个人抬着一个受伤的汉子来求医。华佗仔细一检查，发现病人的脚摔断了，人也昏迷了过去。由于伤势严重，华佗决定立即给他动手术。起初，华佗怕病人因为疼痛而乱动，就叫助手把他的四肢都绑了起来。可没想到，手术过程中病人丝毫没有挣扎的反应，结果这次手术进行得十分顺利。华佗以前做过不少此类的手术，还是第一次碰到这种现象，

这让华佗大感不解。忽然，病人身上那股浓烈的酒味儿使他恍然大悟：一定是人喝醉了失去知觉，动手术时也就没有感觉，所以才不知道疼痛。如果能制成这样一种药，病人一吃下去就会暂时失去知觉，那么这时再动手术，不就可以减轻痛苦了吗？想到这儿，华佗特别高兴，后来，他就四处留意，来搜集这种让人暂时失去知觉的药方。

有一次，华佗救治了一位昏睡不醒的大汉，在详细询问之后，发现大汉是当天误吃了几朵臭麻子花而致病的。华佗一听，赶忙请大汉带路去寻找那种花。终于，在一座很高的山上找到了臭麻子花，华佗连忙摘下一朵放进嘴里，嚼了几口后，顿时觉得满嘴发麻，过了一会儿便感觉到头晕目眩，这一发现令华佗心花怒放。为了准确掌握臭麻子花的药效，华佗常常冒着生命危险亲自尝药。他先尝叶，后尝花，然后再尝果实和根茎，经过反复的实验，华佗终于发现臭麻子花的果实麻醉效果最好。

后来，华佗又走访了许多医生，收集了一些有麻醉作用的药物，配成各种药方，反复试验，配制出很多麻醉配方，又把麻醉药和热酒配制，使麻醉效果更好。经过多次试验和比较，华佗终于发明了中药麻醉剂——麻沸散，开创了世界麻醉药物的先例。有了"麻沸散"，就可以对病人实施全身麻醉，病人手术时失去知觉，这就扩大了手术范围，使原来难以进行的大型外科手术成为可能，同时也减少了病人的痛苦。华佗运用麻醉法实施外科手术，治好了很多人。他治病碰到那些用针灸、汤药不能治愈的腹疾病，就让病人先用酒冲服麻沸散，等到病人麻醉后没有什么知觉了，就施以外科手，剖破腹背，割掉发病的部位。他首创这种用全身麻醉法实行外科手术，因此被后世尊称为"外科鼻祖"。

据历史记载，有一个肚子痛的病人来求医，华佗诊断他患的是"肠病"，也就是现在的阑尾炎，需要进行外科手术。华佗给病人服了"麻沸散"之后，不一会儿，病人好像睡着了似的，华佗这才拿起手术刀为病人手术，割去了发炎的阑尾，然后细心地用丝线将伤口缝上，又敷上自己配制的药膏。

手术做得十分顺利，病人苏醒后才知道手术已经做完了。十几天后，病人的伤口愈合，没过一个月身体就恢复健康了。华佗发明的"麻沸散"比西方早了一千六百多年，成为世界医学史上的一大奇迹，为我国医学发展做出了巨大的贡献。华佗的精湛医技和高尚医德故事，至今仍广泛流传于民间。

诸葛亮七擒孟获

　　东汉末年，魏、蜀、吴三国鼎立，形成三分天下之势。蜀国丞相诸葛亮受蜀先主刘备之托，立志北伐，重兴汉室。而就在这时，蜀国南方的南蛮又来进犯，公元 225 年，诸葛亮为了巩固后方，亲自点兵南征。到了南蛮之地，诸葛亮每战必捷，大获全胜，正当蜀军大功告成准备撤兵的时候，南方彝族的首领孟获带兵来袭击蜀军。诸葛亮得知孟获不但作战勇敢，而且待人忠厚，意志坚强，在彝族人民中很得人心，即便是在汉族中也有不少人钦佩他，因此便想降服他，让他为蜀国所用，之后便发生了历史上有名的"七擒孟获"的故事。

　　孟获领兵第一次与诸葛亮对阵，双方交战不久，便见蜀兵退败下去，孟获以为是蜀兵打不过自己，为了乘胜追击便不顾一切地追了上去，结果却闯进了蜀军的埋伏圈，被逮个正着。孟获本以为自己会被诸葛亮处死，没想到诸葛亮却亲自给他松了绑，还对他好言相劝，动之以情、晓之以理，让他归顺蜀国。可孟获心里却非常不服，根本听不进诸葛亮的话，满口拒绝，诸葛亮也不再勉强他，而是陪他观看已经布置好的蜀军军营，之后还特意问他："你看这军营布置得怎么样？"孟获表面上虽然装出一副傲慢无礼的样子，但实际上却看得很仔细，他发现军营里都是些老弱残兵，便直率地说："以前我不知道你们的虚实，让你赢了一次，现在看了你们的军营，如果就是这个样子，那我要赢你简直太简单了！"诸葛亮听着也不作解释，只是笑了笑就把孟获放回去了。一些蜀军的大将想不明白，怎么刚抓到的人却又给放了？诸葛亮这才解释说，他料定孟获今晚肯定会来偷营，根本不必担心，当即就安排将士布置好埋伏。

　　另一边，孟获也没想到自己这么快就被放了回来，他还得意扬扬地对手下说："蜀军都是些老弱残兵，根本没什么战斗力，军营的排兵布阵我都已经看清楚了，没什么了不起的，今夜三更就去劫营，一定能把蜀军打得落花流水，活捉那个诸葛亮！"当天夜里，孟获果然挑选了五百名刀斧手，趁黑悄悄摸进了蜀军大营，而且没遇到一点阻挡，他正暗暗高兴，忽然前后左右蜀军伏兵四起，摇旗呐喊，孟获这才知道自己又中计了，恨自己轻易相信了诸葛亮，心里非常不服，诸葛亮看他仍然不肯投降，便又放了他。

　　孟获再次回到自己的营地，他的弟弟孟优给他献了个计策。半夜时分，孟优带人来到汉营诈降，本想与孟获里应外合打败蜀军，没想到诸葛亮一眼就识破了他，但却没有当场揭穿他们的计谋，而是将计就计，下令赏了大量的美酒给孟优和他带来的南蛮士兵，结果这些人喝得酩酊大醉。等到孟获按计划前来劫营时，原来里应外合的计策已经变成了自投罗网的结果，孟获再次被擒。这回孟获仍是不甘心，责怪是弟弟坏了他的好事，诸葛亮见此便第三次将孟获放虎归山。

　　这次，孟获回去后不敢大意，他立即着手整顿军队，准备伺机而动。一天，忽然有探子来报，说孔明正独自在阵前察看地形。孟获听后大喜，以为这是活捉诸葛亮的好机会，便立即带了人赶去，不料这次他又中了诸葛亮的圈套，第四次成了瓮中之鳖。而诸葛亮这次还是不杀他，盛情款待他后又把他放了。蜀军中的将士都对诸葛亮的这种做法非常不理解，认为他对孟获大仁慈宽大了，好不容易抓了四次却又放了四次。诸葛亮向大家解释说："我们要彻底平定南方，就必须要重用像孟获这样的人，要是他能心悦诚服地联络南人报效朝廷，那就能抵得上十万大军。你们现在辛苦些，以后就可以不再到这里来打仗了。"一席话说得将士们恍然大悟，都明白了丞相的良苦用心。

　　另一方面，孟获接连被擒，他也不敢再鲁莽行事了，决定走为上计。他带领所有人马退到了泸水南岸，只守不攻。等蜀兵到了泸水，因为没有

船而不能过去，诸葛亮便下令造了一些木筏子和竹筏子，然后派少量的士兵假装渡河，只要士兵们一碰到对岸射来的箭就立即退回来。就这样，这些士兵一直在反反复复地渡河，孟获还以为蜀军被河水挡住了，自己可以高枕无忧了。谁知此时真正的蜀军大部队正兵分两路，绕到了河流上游和下游的狭窄处，轻而易举地就渡过了河，还没等孟获反应过来，蜀军已经将他据守的上城团团包围了起来，在此擒住了孟获。不出所料，诸葛亮第五次放了孟获。

回去后的孟获下决心不再跟蜀兵作战，但时间一长，营里的粮食快断了，不得已只好派人向诸葛亮借粮，诸葛亮抓住机会要孟获亲自出来与蜀军大将一对一比武，孟获接连打败了几名蜀将，但刚到大堆粮食旁，就被绊马索绊倒被擒。蜀将当即传达诸葛亮的命令，让孟获回去，还让他把粮食也搬走，到此为止，孟获终于对诸葛亮心服口服。为了让南蛮的各部族都归顺蜀国，孟获把各部族首领都请了来，带着他们一起向蜀军挑战，结果被蜀兵引进了埋伏圈。这时，蜀营里传出话来，让孟获等众首领回去，蜀军并不想杀他们，只是希望他们能真心归顺蜀汉。部族首领们都请孟获做主，看他们究竟怎么办，孟获流着泪说："我与蜀军作战，七次被擒，却又被放了七次，这样的恩德自古以来都没有听说过。丞相对我们仁至义尽，我没有脸再回去了。"诸葛亮见孟获已心悦诚服，觉得他是可用之才，于是便委派他掌管南蛮之地，孟获等人从此归顺蜀汉，听从管辖，诸葛亮也不再为南蛮担心，而可以专心对付魏国了。

管宁割席断交

三国时期，管宁和华歆两个人是非常要好的朋友，他俩成天形影不离，学习、生活都在一起，相处得十分融洽。管宁家里很穷，16岁时就死了父亲，亲戚朋友可怜他，就送给他一些钱财让他安葬父亲，但管宁分文不取，只凭自己的能力安葬了父亲。管宁很好学，求学时结交了几个后来很著名的朋友，一个叫华歆，一个叫邴原，三个人都很出色，因此当时有人把他们比作一条龙，华歆是龙头，邴原是龙腹，管宁是龙尾。但是，在龙头华歆和龙尾管宁之间，曾发生过一件绝交的事，被后人称之为"管宁割席"。

当时，他们求学往往是一边读书，一边劳动。有一天，华歆和管宁两个人一块儿在园中锄草，管宁正卖力地干着，突然一锄下去，"嘡"的一声，碰到了一个硬东西。不远处的华歆也听见了这边的动静，跑过来问管宁发生了什么事。管宁对华歆说："地里面不知道有什么东西，竟然如此坚硬，我用锄头都锄不动呢！"华歆听后就动手将锄到的一大片泥土翻了过来，说来也巧，只见在黑黝黝的泥土中，有一个黄澄澄的东西闪闪发光。管宁低头一看，发现原来那闪闪发光的东西正是一块黄金。不过管宁平时修身养性，为的就是要摒除贪念，见了意外之财不能动心，而且管宁向来对钱财看得很淡，所以他并没有特别高兴，只是自言自语地说了句："我当是什么东西呢，原来是锭金子。"接着，他便不再理会了，继续锄他的草去了。

而在一旁的华歆却显得异常兴奋，他大声欢呼起来："我的老天爷啊！原来是块金子！我的眼睛没有看错吧，竟然是块金子！"说完，他就把金

子捡了起来，仔细地擦拭着。管宁看见华歆这幅模样，就责备华歆说："钱财应该是靠自己的劳动获得，只有这样才是光荣的，一个有道德的人是不应该贪图不劳而获的财物的，你还是赶紧锄地吧！"华歆听了管宁的话有点不高兴的说："这个道理我当然知道。"嘴上虽然这么说，但手里却还捧着金子左看右看，怎么也舍不得放下。管宁看到这里，不住地摇头。华歆看到管宁的表情也觉得不好意思，便依依不舍地把金子放在了地上，不情愿地拿起锄头回到了田里。可是，他心里惦记着金子，一休息就要去看金子还在不在，根本不能安心干活，管宁看到这些，心里失望极了。

又过了一段时间，管宁和华歆两个人正坐在一张席子上读书，就在这时，外面响起了一阵喧闹的锣鼓声，中间还夹杂着人们的吵嚷声。管宁对外面的喧闹充耳不闻，但华歆听到以后，就马上放下了手里的书，起身到窗前去观望，看看究竟发生了什么事。只见外面的街上走来了一大队人马，前面鸣锣开道，后面跟着一大群随从和华丽的马车，再后面是一座非常豪华的轿子，轿子的顶部还镶了一块晶莹剔透的翡翠，非常威风。华歆从没有见过这么大的声势和排场，非常想去一看究竟，他就对管宁说："你快来看呀，多豪华的排场，还有那么多人跟着，这一定是朝廷的大官经过这里，咱们出去看看吧！"管宁对华歆的话充耳不闻，仍旧在原处专心致志地看书。华歆见状，只好一个人跑到街上去看热闹了。

过了一会儿，华歆兴高采烈地回来了，他手舞足蹈地对管宁说："你没去看太可惜了，原来那个坐豪华轿子的人，还真的是个大官呢！我以后也要努力当大官！也要有这样的排场！"这时，管宁看着华歆，再也抑制不住心中的失望，他从里屋拿出了一把刀子，将两人同坐的那张席子从中间割开，毅然决然地对华歆说："华歆，我们两人的志向和趣味太不一样了，从今以后，我们就像这被割开的草席一样，再也不是朋友了。"后来，人们便用"割席"来比喻朋友之间断绝往来。

花木兰替父从军

"唧唧复唧唧，木兰当户织，不闻机杼声，惟闻女叹息。问女何所思，问女何所忆，女亦无所思，女亦无所忆。昨夜见军帖，可汗大点兵。军书十二卷，卷卷有爷名，阿爷无大儿，木兰无长兄，愿为市鞍马，从此替爷征。"这是《木兰诗》中的一段，讲述了一个名叫木兰的女孩，女扮男装替父从军，征战沙场建立功勋，回朝后不愿做官，只求回家团圆的故事。

故事的主人公花木兰出生在北魏，从小喜欢练武，经常把自己打扮成跟男孩子一样，与小伙伴们一起游戏，没想到有一天竟真的以男儿的身份走上了战场。北魏的孝文帝是一位了不起的皇帝，他博采众长，进行政治、经济、军事等多方面的改革，使老百姓的生活得到了很大提高。但中原的富裕与安定一直受到北方游牧民族的嫉恨，他们不停地南下侵扰，企图不劳而获。为了防御边疆，孝文帝不得已发布了一道命令：一旦发生战争，北魏的每一户百姓都要出一个男丁参军去保卫国家。

这一年，可怕的战争再次爆发了。木兰家被愁云笼罩着，因为家里的男人除了年迈体弱的父亲，就只有年幼无知的弟弟了。父亲唉声叹气，不知如何是好，母亲默默地擦去泪水，也无心于家务了。弟弟仿佛一时间突然懂事了，很乖巧静静出入，不再淘气。花木兰知道边关环境的艰苦，也明白战场的厮杀意味着什么，但她思前想后，仍然决定替父从军，征战沙场，保卫国家。为了掩盖自己女儿家的身份，木兰费尽心思的装扮自己，当木兰打扮妥当，一位英姿飒爽的将士出现在父母面前。父母见她如此坚

定，也只好同意了她的决定。千叮咛万嘱咐，木兰在父母恋恋不舍的目光中辞别了，从此开始了她的征战生涯。

木兰很庆幸自己年少时对武术的痴爱，她身手矫捷，一想到要保卫国家，她更是精力倍增，她紧紧地跟随队伍，终于到达了北方边境。周围的将士们一点也没有怀疑她的身份，不停地开着玩笑，木兰也渐渐放下了心，但是她还是需要处处谨慎，以免女扮男装的秘密被人发现。白天行军，木兰模仿着其他男将士，尽量表现得粗犷豪爽；夜晚宿营，她从来不敢脱下衣服，时时警惕；驰骋沙场，她凭着一身好武艺和满腹爱国之情，冲锋陷阵，勇不可挡。

戎马倥偬，十二年匆匆而逝，将士木兰屡立奇功，赢得了所有人的敬佩与赞赏，她成了当之无愧的英雄。战争终于结束了，皇帝召见战场上的有功之臣，要论功行赏。木兰在寂静处悄悄地流下了泪水，她想到了家乡年迈的父母，她不想做官，也不要赏赐，她只盼着能够立刻回家，与家人团聚。

皇帝赞赏花木兰在战场的功勋，更欣赏木兰无心名利的志向，他亲下命令要将士护送木兰荣归故里。当木兰与双亲相见喜极而泣时，送行的将士们才发现那个战场上无比神勇的将军居然是个女儿身，他们惊奇，但是更加钦佩，纷纷竖起大拇指，花木兰，你真堪称中华第一的巾帼豪杰。

裴秀的科学制图

地图的起源,可能比文字的起源更早,原始的地图跟图画一样,把山川、道路、树木如实地画出来,作为远古人类外出狩猎和劳作的指南。我国地理学起源很早,远在三四千年前的商、周时期,我国就已经设置了专门掌管全国图书志籍的官吏。大约在春秋战国时期,地图已广泛用于战争和国家管理,并出现了我国历史上一部地理学名著——《禹贡》。到了魏晋期间,因为年代久远,《禹贡》中所记载的山川地名有很多已经发生变化。因此,当时的一位地图专家在详细考证古今地名、山川形势和疆域沿革的基础上,绘制了《禹贡地域图》十八篇,产生了重要影响,这位地图专家就是裴秀。

裴秀,字季彦,西晋大臣、学者。裴秀出身于官僚世家,自幼好学,8岁便能写文章,后来官至尚书令、司空。担任司空后,裴秀掌管土地、田亩及地图制作等事务,因为他非常喜欢绘制地图,随军到各地时,总是留意各地的地形地势,后来又接触到关于各地地理情况的图书和资料,因此在制图学方面有突出的成就。他第一次明确建立了我国古代地图的绘制理论,总结了我国古代地图绘制的经验,领导和组织编制成《禹贡地域图》十八篇,图上古今地名相互对照,是我国和世界见于文字记载的最早历史地图集。这些地图,都是一丈见方,按"一分为十里,一寸为百里"的比例绘制而成,成为当时最完备、最精详的地图。裴秀在完成这本地图集的绘制以后,把它进呈给晋武帝,被当作重要文献收藏于"秘府"。

在《禹贡地域图》序中,裴秀谈到了他绘制地图所运用的方法,提出

了著名的具有划时代意义的制图理论——制图六体，分别是："一曰分率，所以辨广轮之度也，"意思是说首先要具有反映地区长宽大小的比例尺；"二曰准望，所以正彼此之体也，"是说其次要确定彼此间的方位关系；"三曰道里，所以定所由之数也，"是说第三要知道两地之间的人行路程；"四曰高下，五曰方邪，六曰迂直，此三者，各因地而制宜，所以校夷险之异也，"这第四、第五和第六三项是说人行的路程有高下、方斜、迂直的不同，必须逢高取下，逢方取斜，逢迂取直，就是说要因地制宜，求出地物之间的水平直线距离。

　　裴秀提出的这"制图六体"，是在亲自实践的基础上，批判继承前人制图经验，进而创造总结出来的地图绘制理论，是当时世界上最科学、最完善的制图理论。除经纬线和地球投影外，现代地图学上考虑的主要因素，他几乎全部提了出来。因此，西方学者称他为"中国科学制图学之父"。

闻鸡起舞

东晋初年，中原地区沦丧于胡人之手，但皇室贵族只求偏安江南，不思进取，对收复中原缺乏斗志，只求苟且偷生。虽然如此，仍有一些爱国将士，以北伐为己任，时时刻刻希望能够收复中原，其中就有一位大将名叫祖逖。

祖逖，字士雅，生于官宦世家，但在祖逖年幼时，父亲就去世了，他由几个哥哥抚养长大。祖逖生性好动，活泼开朗，直到十四五岁，也还没读多少书，几个哥哥都为此很忧虑。但祖逖为人很仗义，讲义气，好打不平，他常常以兄长的名义，把家里的谷米、布匹捐给受灾的贫苦农民，受到大家的称赞。进入青年时代，祖逖慢慢意识到自己的学识修养不够，明白了要刻苦读书才能报效国家，于是便发奋读起书来。短短几年间，祖逖博览群书，认真研究了经史子集，从中汲取了丰富的知识，学问已经大有长进。接触过他的人都说，祖逖是个有胆有识的将才。

后来，祖逖入朝为官，担任司州主簿，一起为官的还有他幼时的好友刘琨。祖逖与刘琨自幼相识，两人志同道合，意气相投，都希望为国家出力，干出一番事业。当时，东晋皇族内部互相倾轧，争权夺利，各少数民族首领乘机起兵作乱，国家安全受到严重威胁，祖逖和刘琨对此都很焦虑。每当讨论起时局战事来，两人总是慷慨激昂，义愤填膺。他们白天一起在衙门里供职，晚上讨论国家政事，常常一张床上睡觉，盖同一条被子。

有一天半夜，祖逖在睡梦中忽然听见公鸡的鸣叫声，一下就清醒了，

他一脚把刘琨踢醒，对他说："你听见鸡叫了吗？"刘琨迷迷糊糊地说："半夜听见鸡叫不吉利。"祖逖说："我就不这样想，咱们干脆以后听见鸡叫就起床练剑如何？"刘琨听后也一下振奋起来，两人一拍即合，立刻便穿衣下床。于是，他们每天夜里听到鸡叫后就起床练剑，寒来暑往，从不间断。功夫不负有心人，在长期的刻苦练习之后，两人的剑术和学识都有所增进，终于成为文韬武略的全才。既能带兵打胜仗，又能写得一手好文章，朝廷发现了他们的才能，便委以重任，祖逖被封为镇西将军，刘琨做了征北中郎将，兼管并、冀、幽三州的军事，实现了他们报效国家的愿望。

后来人们便使用祖逖和刘琨的故事引申出"闻鸡起舞"这个成语，用来比喻有志报国的人奋发有为，发愤图强。

王羲之吃墨

　　汉代以后，经过六十余年的三国鼎立，进入晋代，书法再现又一高峰，代表人物是东晋著名的书法家王羲之，他的《兰亭序》被赞誉为"天下第一行书"。

　　王羲之，字逸少，号澹斋，出身于名门望族的书法世家，官至右军将军、会稽内史，故世称王右军、王会稽。王羲之7岁时开始跟随父亲学习书法，每天专心致志练字，非常勤奋。由于练字刻苦，用坏的毛笔堆成了小山，人们就叫它"笔山"。王家院子里有一个小水池，王羲之经常在这水池里洗毛笔和砚台，天长日久竟将一池水都洗成了墨色，这就是人们今天在绍兴看到的墨池。11岁时，王羲之迷上了一本关于书法方法论的著作《笔说》，这是一本连大人都不容易读懂的书，为了掌握其中的方法，王羲之不知疲倦地反复临摹和练习，甚至达到了废寝忘食的地步。

　　有一天，到了吃午饭的时间，王羲之又没出现在饭桌上，他的母亲只好让书童送去他最爱吃的馍馍和蒜泥。书童来到王羲之的房间，看见他正全神贯注地看书练字，非常认真。书童就把馍馍和蒜泥放在旁边的几案上，催促王羲之趁热赶快吃，吃完了再写。但催了几次，王羲之虽然嘴里答应，却始终连头也不抬，仍旧是专心致志地写字。不一会儿，饭菜就凉了，书童实在没办法，只好去请王羲之的母亲。王羲之的母亲听说儿子为了练字饭都不吃了，赶紧跟书童来到了书房，可看到的景象却让他们哭笑不得。只见王羲之眼睛仍盯着书本和笔墨，手里则拿着一块沾了墨汁的馍馍，他

一边写着，一边把馍馍送到了嘴里，满嘴乌黑吃得正香，母亲和书童都忍不住笑出了声。王羲之听到笑声，抬起头来，还惊奇发生了什么事，见到母亲来了，便笑着说道："今天的蒜泥可真香啊！"原来，王羲之边吃边练字，眼睛还盯着字的时候，就错把墨汁当成蒜泥蘸了。母亲心疼地对王羲之说："你的字写得很好了，为什么还要这样苦练呢？"王羲之抬起头，对母亲说："我的字虽然写得不错，可那都是学习前人的写法。我要有自己的写法，自成一体，那就非下苦功夫不可。"

后来，经过长期的练习和摸索，王羲之博采众长，精研体势，终于写出了一种妍美流利的新字体。他的书法圆转凝重，易翻为曲，全然突破了隶书的笔意，大家都称赞他写的字像彩云那样轻松飘逸，又像飞龙那样雄健有力，他也被公认为我国历史上杰出的书法家之一，被后代尊为"书圣"。

不为五斗米折腰

归园田居

少无适俗韵，性本爱丘山。

误落尘网中，一去三十年。

羁鸟恋旧林，池鱼思故渊。

开荒南野际，守拙归园田。

方宅十余亩，草屋八九间；

榆柳荫后檐，桃李罗堂前。

暧暧远人村，依依墟里烟；

狗吠深巷中，鸡鸣桑树巅。

户庭无尘杂，虚室有余闲。

久在樊笼里，复得返自然。

这首《归园田居》的作者是我国东晋大诗人陶渊明，创作于陶渊明辞官归隐田园之时，字里行间透出诗人对黑暗社会的憎恶和对田园生活的热爱之情。陶渊明又名潜，字元亮，号五柳先生，生于东晋末期的没落仕宦家庭，是我国第一位杰出的田园诗人。

年轻时的陶渊明本有"大济于苍生"之志，可是在国家濒临崩溃的动

乱年月里，陶渊明的一腔抱负根本无法实现。加上他性格耿直，生性淡泊，清明廉正，不愿卑躬屈膝攀附权贵，因而与当时的现实社会格格不入。陶渊明生活的时代，朝代更迭，社会动荡，人民生活非常困苦。

公元405年的秋天，陶渊明为了养家糊口，来到离家乡不远的彭泽当县令。在他到任的第八十一天，碰到浔阳郡派遣督邮来检查公务，浔阳郡的督邮刘云是一个粗俗而又傲慢的人，以凶狠贪婪而远近闻名。每年他都要以巡视为名向辖县索要贿赂，每次去必是满载而归，否则便要栽赃陷害。这次刘云一到彭泽县的地界，就差县吏去叫县令来拜见他。陶渊明平时蔑视功名富贵，不肯趋炎附势，心里对这种搜刮钱财的上司很反感，但无奈也只得马上动身。正要出门之时，县吏拦住了陶渊明说："参见这位官员要十分注意小节，衣服要穿得整齐，还要备好礼品，拜见的时候态度要谦恭，不然有失体统，督邮要乘机大做文章，会对大人不利的！"一向正直清高的陶渊明再也忍不住了，他长叹一声说道："我宁肯饿死，也不能因为五斗米的官饷，向这样的人折腰啊。"随即，陶渊明马上写了一封辞职信，取出官印，离开了只当了八十多天的县令职位，他这次弃职而去，便永远脱离了官场。

从官场退隐后的陶渊明，在自己的家乡开荒种田，一边读书，一边从事农业生产，过起了自给自足的田园生活。在远离城市的田园生活中，他找到了自己的归宿，开创了一代文风，写下了许多优美的田园诗歌。"采菊东篱下，悠然见南山"是他写自己劳动的感受；"种豆南山下，草盛豆苗稀"、"不言春作苦，常恐负所怀"是他写劳作的甘苦；"暖暖远人村，依依墟里烟"是他描写田园生活的悠然自得。然而田园生活虽然少了烦扰，但也是十分艰辛的，不劳作就没有收获，遇到天灾人祸，即使辛苦劳作也会一无所获。晚年的陶渊明生活贫困，特别是一场大火把他的全部家当毁于一旦之后，全家人的生活更是雪上加霜，63岁时，陶渊明在贫病交加中去世。陶渊明原本可以舒适地生活，但当这种生活要以人格和气节为代价时,他毅然选择了艰苦而自由的田园生活。陶渊明因"不为五斗米折腰",而获得了心灵的自由,获得了人格的尊严,开创了一代文风并写出了流传百世的诗文,为后人留下宝贵文学财富的同时,也留下了弥足珍贵的精神财富。

祖冲之的圆周率

在古代，圆一直被认为是世界上最简单最完美的形状，可是要准确计算它的周长和面积却是一件烦恼的事，人们经过长期的观察发现，无论圆的面积怎样变化，它的周长和直径的比总是保持不变，而这个不变的比率就是困惑人们几千年的圆周率 π。

π 堪称数学史上最著名的常数，π 为无限不循环小数，从理论上说，人们永远无法获得它的准确数值。三千多年来，世界各国的数学家前赴后续，不断追求圆周率更准确的数值，从而谱写出一段段传奇的数学史。在求圆周率精确值的历史上，我国在很长时间内一直遥遥领先，而这主要归功于我国历史上一位著名的数学家——祖冲之。

祖冲之，字文远，生于南北朝时期的江苏南京，是我国古代伟大的数学家和天文学家。受祖父和父亲的影响，祖冲之从小就接触数学和天文知识，青年时从事数学、天文历法、机械等方面的学术活动。公元 464 年，在祖冲之 35 岁时，他开始计算圆周率。

首先，祖冲之研究了先辈刘徽的"割圆术"，所谓"割圆术"，就是不断倍增圆内接正多边形的边数，以求出圆周长的方法。当圆内接正多边形边数无限多时，其周长也就等于圆的周长，这种方法体现出数学极限的思想。刘徽按照这种方法最初算出的圆周率为 3.14，后来他将内接正多边形边数增加到 3072 个，所得圆周率数值也随之精确到 3.1416，这被称为徽率。祖冲之非常佩服刘徽这个科学的方法，他决心按照刘徽开创的路子继续走下去，一步一步地计算，以求得到更为精确的结果。

要做出这样精密的计算，在祖冲之生活的那个时代是一项极为细致而艰巨的脑力劳动。因为当时算盘还没有出现，人们普遍使用的计算工具叫作算筹，它是一根根几寸长的方形或扁形的小棍子，由竹、木、铁、玉等各种材料制成。通过对算筹的不同摆法，来表示各种数目，如果计算数字的位数越多，所需要摆放的面积就越大。用算筹计算不像用笔纸计算，笔算的过程和结果可以留在纸上，而筹算每计算完一次就得重新摆动以进行新的计算，只能留下一个计算结果，而无法得到较为直观的图形与算式。因此在运算过程中，要是算筹被碰偏了或者计算中出现了错误，一切就只能从头开始，这样的运算难度可想而知。

祖冲之的圆周率是从最基础的六边形计算开始的，他在房间的地板上画了个直径为 1 丈的大圆，又在里边做了个正六边形，然后摆开他自己做的许多小木棍，开始计算起来。他一个人忙不过来，就叫儿子来帮忙，父子两人废寝忘食地计算了十几天，才算到 96 边的结果，比刘徽算的结果少了 0.000002 丈。这时儿子对他说："我们计算得很仔细，应该没算错，是不是刘徽算错了？"祖冲之却摇摇头说："要说他错了，我们一定要有科学的根据才行。"于是父子俩又花了十几天的时间，重新计算了一遍，结果证明刘徽是对的。为避免再次出现误差，祖冲之以后每一步都至少重复计算两遍，直到结果完全相同才罢休。如此繁重的运算，如果头脑不是十分冷静精细，没有坚韧不拔的毅力，是绝对不会成功的。

祖冲之从 12288 边形算到 24567 边形，两者的结果相差仅 0.0000001，精确到了小数点后七位，而要得出这样的数值，就需要对九位有效数字的小数进行加、减、乘、除和开方运算等十多个步骤的计算，而每个步骤都要反复进行十几次，开方运算 50 次，最后计算出的数字达到小数点后十六、七位。即使今天用算盘和纸笔来完成这些计算，也不是一件轻而易举的事，何况在一千五百多年前的南朝时代。面对这样的结果，祖冲之知道从理论上讲还可以继续算下去，但根据当时的实际已经无法计算了，只好就此停止，确定了圆周率在 3.1415926 至 3.1415927 之间，这不仅在当

时世界上是非常先进的，而且在此后的一千多年里，祖冲之的圆周率始终是当时世界上最精确的圆周率数值，祖冲之也因此受到人们的尊敬和爱戴。为了纪念祖冲之在科学上的不朽功绩，人们将月球背面的一座环形山命名为祖冲之环形山。

唐玄奘西行求法

提起《西游记》的故事，在我国可谓是妇孺皆知，故事讲述了唐僧师徒不远万里，到西天拜佛求经的坎坷经历，塑造了唐僧、孙悟空、猪八戒和沙和尚等生动有趣的典型形象，而唐僧取经原本是历史上一件真实的事，其中的主人公唐僧在历史上也确有其人，他就是享誉中外的玄奘法师。

玄奘是我国唐代的著名高僧，法相宗的创始人，是汉传佛教历史上最伟大的译师。玄奘原名陈祎，河南洛阳人，13 岁时于东都洛阳净土寺出家，之后遍访佛教名师，但他深感各家对佛法异说纷纭，很多问题都无从获解，便产生了去佛教发源地去拜访名师、寻求经典的念头，于是决心取道西域去印度求学。公元 627 年的秋天，玄奘从大唐的都城长安出发，一路往西，他要沿着古老的丝绸之路，经过西域、翻越葱岭、横穿中亚的大草原，才能抵达印度。

西行进入到沙漠的时候，玄奘根本看不到任何行人，漫天的黄沙之外，只有人和兽的骨骸。玄奘只身行走，只有默念《般若心经》来鼓励自己。沙漠中难辨方向，玄奘经常迷失道路，但无论多苦，他都没有改变方向，而是继续西进。最艰难的时候，玄奘走了五天四夜，还没有见到水源，随身携带的水早已喝完，干渴难以忍受，到第五个夜间，玄奘已经没有一点力气了，昏倒在了黄沙上。半夜忽然刮起风来，把他吹醒了，他想起自己此行的目的，便立即爬起来又上路了。走了两天，玄奘终于走出了流沙，到达了伊犁，随后进入了富饶的高昌古国。

高昌国王信奉佛教，正在求贤若渴，而来往的商人和旅客们早已把玄奘的名声传到了西域。当他得知玄奘要到高昌时，就亲自举着火把迎候这位来自东土的高僧，并热情地款待了玄奘。高昌王非常崇拜玄奘，请求他在高昌讲经，连续十几天，高昌王每日都在三百弟子面前跪在地上当凳子，让玄奘踩着他的背，登上法座讲经。高昌王一心想让玄奘留在高昌国弘扬佛法，但玄奘却执意西行，他对高昌王说："我此生的使命就是远赴印度，求法取经，然后再回国弘扬于百姓之中，请国王不要拦阻我，让我西去吧。"习惯了人们对他言听计从的高昌王，见玄奘竟然无视他的恳求，不由得怒火中烧，他生气地威胁道："法师面前有两条路，或则留下，或则回国，请法师三思。"玄奘毫不犹豫地回答："国王留下的只能是贫僧的尸骨，绝对留不住贫僧的心！"高昌王以为用扣留的方式可以使玄奘屈服，但没想到玄奘开始绝食，三天滴水不沾，到了第四天，他已极度虚弱，气息奄奄。高昌王深为他的精神所感动，只好同意玄奘离开继续西行。临行前，高昌王为玄奘准备了一切西行所需之物，并为他写好 24 封致西域各国的通关文书，还赠送了马匹和仆役。

此后，玄奘一行人翻越雪山、葱岭，克服各种艰难险阻，走到了缚喝国，玄奘为了学习佛教经书在那里留住了一个多月，以后他不顾旅途劳顿，多次在一些地方停留读经，并与当地的佛学大师辩经。最后，玄奘凭着坚强的毅力和智慧，历尽千辛万苦，终于抵达了印度。在古老的印度，玄奘搜集了各种佛学经典，废寝忘食地悉心研习，终于取得了史无前例的荣耀，成为继往开来、承前启后的一代宗师。

公元 645 年，外出游历了 17 年的玄奘终于回到了唐朝，他带回了657 部经书，为了弘扬佛法，玄奘与弟子共译出 75 部 1335 卷经书，而且创立了著名的法相宗，还著有《大唐西域记》十二卷，记述他西游亲身经历的 110 个国家及传闻中的 28 个国家，将各地的山川、地邑、物产、商业、风俗、语言、文字、宗教等信息详细记录下来，成为古代研究的重要文献。时至今日，玄奘的影响已经远远超出宗教之外，他留给我们的是一种对理想永不放弃，对信念始终坚持的宝贵精神。

鉴真东渡

唐朝时，我国国势强大，社会经济文化空前繁荣，我国和日本的友好往来和文化交流也随之频繁。为了学习唐朝的政治制度和博大精深的文化，自唐太宗贞观年间至唐末期，日本先后向唐朝派出十几次遣唐使团，我国也有很多人不断东渡日本进行中日文化交流，其中贡献最大的就是鉴真和尚。

鉴真，原名淳于，江苏省扬州市人，14岁出家为僧，由于他刻苦好学，很快便成为一名学识渊博的和尚。26岁时，鉴真定居扬州，住持大明寺，在那里，他传道讲学，被誉为江淮一带的受戒大师，在佛徒中的地位很高，成为一方的宗首。

公元733年，日本第九次遣唐使来到大唐，其中随团前来的有两名日本留学僧人名叫荣睿和普照，他们受日本圣武天皇之命，约请鉴真东渡日本。公元742年10月，荣睿和普照来到了扬州大明寺，登门求见学问高深、道德高尚的鉴真和尚。他们向鉴真行过顶礼后，诚恳地向鉴真说明了来意，表达了日本僧众的仰慕之意，并说道："佛法虽然流传到日本国，可是还没有传法受戒的高僧，请大和尚东游兴化。"鉴真问寺内的众多僧人，有谁愿意答应这个邀请，结果众僧默然，鉴真站起身来说道："为了弘法传道，何惜生命！你们不去，我就亲自前往。"从此，鉴真就开始了东渡日本的准备。

公元742年，经过一番准备之后，鉴真带着几个弟子首次东渡日本，

但因弟子之间意见不合而未成行。公元743年年底，鉴真第二次东渡，他们采办了不少佛像、佛具、香料等物品，随行的弟子和技术人员达85人之多，可他们乘坐的船刚驶出海岸，就触礁损坏了，不得不返航修理。后来，鉴真第三、四次东渡，都因官府阻拦而未能成行。公元748年，鉴真决定第五次东渡。开始的时候一切顺利，船也行驶得很平稳，可没想到船在横渡东海时遇到了台风，船被迫顺流向南漂去。狂风巨浪之中，人们都被颠簸得头晕目眩，在最初飘荡的五个日夜里，由于淡水用光了，大家都滴水未进。鉴真镇定自若，每天只靠嚼几粒生米充饥。直到第七天终于下了一场大雨，他们才解决了吃水问题。就这样，在茫茫大海上漂流了十四天后，终于见到陆地，原来已到了海南岛的南部。鉴真师徒历尽艰险，备尝艰辛，在辗转返回扬州的途中，鉴真的弟子祥彦和日本学僧荣睿相继去世，鉴真本人也因长途跋涉而感染眼病，最终双目失明。

五次东渡，虽历尽艰险，但却没有使鉴真气馁，反而更加坚定了他东渡的决心。公元753年，日本遣唐使再次邀请鉴真东渡，这位66岁高龄的失明老人，毅然决然的登上了航船。经过一个多月的海上航行，终于在12月20日抵达日本鹿儿岛秋目浦，受到日本举国上下的盛大欢迎。公元754年，鉴真被请到当时的日本都城奈良的东大寺，在那里设戒坛，由鉴真登坛主持，先后为太上皇圣武天皇、皇太后、皇子及400余位僧人受戒，成为日本戒法的首传人。以后，鉴真在此受戒讲经，把律宗传到日本，成为日本律宗的始祖。鉴真和他的弟子还将盛唐的医学、文学、书法、绘画、建筑、雕塑、酿造等技术和知识毫无保留地介绍给日本人民，促进了日本佛学、医学、建筑和雕塑水平的提高。

为了感谢鉴真的贡献，日本天皇颁布诏令，尊奉鉴真为"传灯大法师"，这样的尊敬和荣誉对一位外国高僧来说，在日本历史上是前所未有的。公元763年，鉴真在日本招提寺内圆寂，其弟子在鉴真临终前为其塑造的鉴真干漆坐像，一直被完好无损地安放在日本奈良的唐招提寺，被日本奉为"国宝"。鉴真居留日本十年，为中日文化交流和两国友谊做出了巨大贡献，受到中日两国人民的尊敬。

铁杵磨成针

　　李白是我国唐代有名的大诗人，他的诗豪迈奔放、清新飘逸、语言奇妙，富有浪漫主义精神，被后人誉为"诗仙"，留下了许多传颂千古的名句。早在少年时代，李白便博览群书，除了儒家经典、古代文史名著之外，还看了很多诸子百家的书。但在最开始父母让他读书的时候，他总会觉得那些经书、史书枯燥无味，晦涩难懂，不如和小伙伴一起游戏有趣，因此总是借口丢下书，跑出去和小朋友一起玩耍。

　　这一天，小李白书读了一半就又跑到村口玩耍，他一边闲游闲逛，一边寻找其他的小伙伴。走了一会儿，忽然看见一户人家的门口坐着一位慈祥的老奶奶，等小李白走到老奶奶跟前，他才发现这位老奶奶正坐在磨刀石前的矮凳上，手里拿着一根又粗又大的铁杵，在磨刀石上一下一下地磨着，神情专注，连小李白在她跟前蹲下她都没有发觉。小李白顿时来了兴趣，因为他只知道铁杵是用来舂米或者洗衣服的，从来没见过有人用磨刀石来磨，于是便好奇地问："老奶奶，您拿着这么大的铁杵是在做什么呀？""小朋友，我是在磨绣花针啊！"老奶奶说完又匆忙地低下头，依然认真地磨着手里的大铁杵。"您这是在磨绣花针？"小李白疑惑不解地问道，因为他看到老奶奶手里拿着的明明是一根粗铁杵，怎么能磨成针呢？小李白忍不住接着问："老奶奶，绣花针可是非常细小的，可是您磨的是一根粗大的铁杵啊！"老奶奶头也不抬地说："没错，我正是要把这根粗大的铁杵磨成细小的绣花针。""什么？您要把这根铁杵磨成绣花针？"小李白根本

不相信老奶奶的话，他脱口又问道："这么粗大的铁杵怎么能磨成针呢？那您得要磨到什么时候啊！"这时候，老奶奶抬起头，慈祥地望了望小李白说："是的，铁杵又粗又大，要把它磨成绣花针是很困难的。可是我每天不停地磨呀磨，这样就总有一天，我会把它磨成绣花针的。孩子，只要功夫下得深，铁杵也能磨成针呀！"

　　小李白听了老奶奶的话，一下子明白了许多，心想："对呀！做事情只要有恒心，天天坚持去做，早晚有一天是能做成的。读书也是同样的道理，经书和史书虽然有一些读不懂的地方，但是只要我坚持去看，天天读，总有一天是会读懂的。"想到这里，小李白对自己以往不认真学习的态度很羞愧，于是，他拔腿就往家里跑，重新回到书房，翻开读了一半的书认认真真看了起来。从此，小李白一心一意地学本领，长大以后，成了一名伟大的诗人！后来，人们便用"只要功夫深，铁杵磨成针"故事教育那些不认真做事的人，告诫人们只要有决心，肯下功夫，多么难的事情也能做成功。

陆羽弃佛从文

常言道："开门七件事，柴米油盐酱醋茶"，可见茶在我国日常生活中的重要地位。我国是茶树的原产地之一，也是世界上发现茶树和应用茶叶最早的国家。《茶经》是我国乃至世界现存最早、最完整、最全面介绍茶的第一部专著，被誉为"茶叶百科全书"，它的作者是我国茶道的奠基人陆羽。

陆羽，名疾，字鸿渐，是唐代著名的茶文化家和鉴赏家。陆羽很小的时候就成了孤儿，被智积禅师抚养长大，禅师对他期望很高，希望有朝一日陆羽能继承衣钵。可陆羽虽身在庙中，却不愿终日诵经念佛，而是喜欢吟读诗书，这遭到了禅师的强烈反对。

有一次，陆羽按照惯例与师兄弟们在佛堂念经，可他的心思根本不在佛经上，便偷偷拿出一本诗书看了起来，陆羽完全被书中的内容吸引了，以至于师傅在旁边经过他都没有发觉，结果被师傅逮了个正着。师傅十分生气，让陆羽默念经文，他念得支支吾吾，吞吞吐吐，师傅责问他为什么不用心念经，陆羽想了想，便坦白告诉师傅自己不想诵经，只想习读诗书。师傅叹了口气对他说道："你原本是一个孤儿，我把你当自己的孩子来抚养，一心一意地培养你，是想让你日后能成长为禅师，接管我的衣钵。"听到师傅这样说，陆羽心里很难过，他知道师傅对自己很好，但自己志不在佛，如果勉强就是欺骗了师傅，也欺骗了自己。于是，陆羽恳切地对师傅说："师傅，您对我的苦心栽培我终身难忘，可念佛虽好，却不是我真正的志向，

我是真心想去外面的世界学习知识，增长自己的学问，请师傅谅解。"禅师听他这样说，感到实在无奈，就让陆羽去给他泡一杯茶来。陆羽将泡好茶的递到师傅手上，师傅仔细一看，发现里面的茶叶还没有展开，于是就对陆羽说："在这里学习念经容易，但你要学习诗书可就难了。这么多年，你连一杯茶都沏不好，还怎么去学好诗书呢？等你能沏好一杯茶时，我就让你下山，去实现自己的志向。"

从此，陆羽便开始认真钻研茶艺，有一次，陆羽放牛误入一位老婆婆的茶园里。老婆婆见陆羽聪明可爱，又很懂礼貌，就没有责怪他，还请他喝茶。陆羽发现老婆婆的茶沏得特别香，他两三口就喝光了，老婆婆笑着告诉他喝茶一定要慢慢喝，才能品出茶的味道。听老婆婆这么说，陆羽赶紧下拜，请求老婆婆教他沏茶的方法，老婆婆见陆羽如此真诚，便答应了他。从此以后，陆羽便跟着老婆婆开始学习沏茶。刚开始的时候，陆羽总是掌握不好沏茶的方法，不是打翻杯子就是烫着了手，但是悉心观察，仔细琢磨，越学兴趣越大，也越做越好了。后来，陆羽不仅学会了沏茶，还虚心地学习了茶艺的整个过程，从中也懂得了很多做人的道理。

经过几年的学习，终于有一天，陆羽亲手泡了一杯茶给师傅喝，师傅喝了之后良久不语，过了好一会，师傅终于同意让他可以下山读书了。原来陆羽给师傅泡的是一杯苦丁茶，他用精选的山泉水煮制，水温掌握得恰到好处。他记得师傅曾经告诉他，学习就像苦丁茶一样，先苦后甜，于是，他用一杯茶表明了自己的心迹，也终于获得了师傅的肯定。下山后，陆羽更加刻苦学习，将全身心都投入到茶艺的钻研中。为了寻找到最好的茶叶和泉水，他的足迹踏遍了大江南北，在长期的调查研究中，陆羽逐渐熟悉了茶树的栽培、育种和整个加工技术。他深入研究了水质对种茶的影响，还用虎丘泉水栽培苏州散茶，探索出一整套茶叶栽培、采制的方法。陆羽总结自己半生的饮茶实践和茶学知识，终于写出了世界上第一部关于茶叶研究的科学著作——《茶经》。

《茶经》共十章，共七千余言，分为上、中、下三卷，其中陆羽详细收集了我国历代茶叶的史料，记述了自己亲身调查和实践的经验，对唐代及唐代以前的茶叶历史、产地、茶的功效、栽培、采制、煎煮、饮用的知识技术都作了全面阐述，是一部关于茶叶的综合性论著，也是我国古代最完备的一部茶书，使茶叶生产从此有了比较完整的科学依据，对茶叶生产和茶文化的发展都起了积极的推动作用。陆羽也因此被后人赞誉为"茶仙"，尊为"茶圣"，祀为"茶神"。

包公端州掷砚

　　千百年来，在无数的戏剧和小说中，包公都是一个非常富有传奇色彩的人物，在老百姓的心目中，他两袖清风、为民做主，是清官的杰出代表，因此赢得了"包青天"的千古美名。包公本名包拯，字希仁，死后谥号为"孝肃"，北宋庐州合肥人，天圣朝进士。他在生前就享有盛名，在当时的北宋都城汴梁，也就是现在的开封，流传着这样的民谣："关节不到有阎罗包老。"意思是说，打官司没有钱疏通关节，不用担心，还有阎王老爷和包公包老爷为你做主呢！可见包公的口碑之好，影响之大。但是，在真实的历史上，"包青天"的成名却有着一段鲜为人知的经历，曾经不为人知的包公，竟然是在当时地处偏远的端州，就是今天的广东肇庆，成就了他一代清官的威名。

　　广东肇庆素以出产端砚为名，端砚"易发墨，不损毫"，乃砚中极品，百砚之首，用端砚磨出来的墨汁"隆冬不冰"，写在纸上"虫蚁不蛀"，是文人士大夫的心头之爱，北宋时就已经成为朝廷贡品，端州每年都要向朝廷进献上百方端砚。乘进贡之机，端州的地方官每年都要求端州工匠们上交几千方端砚，他们把这些端砚拿到京城去送礼，为升迁拉关系、疏关节、贿赂高官显贵。贡砚给老百姓们造成了沉重的负担，工匠们更是苦不堪言。包拯调任端州知州后，了解到这些情况，很快便下了一道布告，命令地方官吏必须按朝廷规定的数额收取端砚贡品，不得多收，凡是任意搜刮百姓端砚的一律严惩。包拯以身作则，在端州为官数载、兴修水利、加固城墙、修建粮仓，深受百姓称赞，却不曾私留一方端砚。

传说在包公离任时，端州的父老乡亲们都来相送，还带来了很多礼物相赠，包拯都一一谢绝了，他对百姓们说："请让包拯清白地来，清白地去！"说完便命船夫开船了。可船行至羚羊峡口，突然风雨大作，翻江倒海，船上的人除包公外，都被风浪掀得东倒西歪。包拯觉得事有蹊跷，便严令手下查找有无私受的礼物。此时被颠得死去活来的书童，才慌忙从书箱中翻出一个黄布包裹呈上，包公打开一看，原来正是一方端。随即包公就对着众人说："这是端州人的命根呐！怎能私下拿走？就让它永远留在端州吧！"说完随手把端砚抛入江中，顿时，江中风平浪静，天空湛蓝，船也平稳地穿过羚羊峡。不久之后，就在包公掷砚的地方，一个沙洲隆起来，成为现在的砚洲岛。包裹端砚的那块黄布，也顺流而下，成了今天的黄布沙。

包拯曾说："民者，国之本也，财用所出，安危所系。""廉者，民之表也；贪者，民之贼也。"小小的一块砚台在包拯眼中也是严重的腐败行为，也正是由于他的清正廉洁，才使他成为我国历史上"清官"的化身，被编成脍炙人口的故事，千百年来为人们所传颂。

陈尧咨知错取马

北宋时期，有个谏议大夫名叫陈省华，他教子严而有方，在他的三个儿子中，两个中了状元，一个中了进士，两个拜相，一个为将，世称"三陈"。他的小儿子名叫陈尧咨，官拜翰林学士，陈尧咨很喜欢马，因此家里饲养了很多匹马。有一次，陈尧咨一时冲动买了一匹性情暴烈的马，此马脾气暴躁，无人能够驾驭，而且还踢伤、咬伤过很多人，让陈尧咨很头疼，因此他一直想把这匹马处理掉。

一天早晨，陈省华走进了马厩，巡视了一番后，发现那匹性情暴烈的马没了踪影，便向马夫询问，马夫回复说："今天早上，翰林老爷把马卖给一个过路的商人了，而且还卖了一个好价钱呢！真是厉害！"陈省华不解地问："这商人买那匹马打算去做什么呢？"马夫说："听说，是用马来运货，因为货物太多，路途又太远，所以才买的马。"陈省华说道："那匹马性子暴烈，怎么能运货呢？翰林告诉人家这马的脾性了吗？"马夫说："哎呀，老太爷，这哪敢让人家知道啊，那匹马又咬人又踢人，要是告诉人家了，哪还有人会买呀。幸亏翰林老爷机灵，总算把这匹马脱手了，还赚了点钱呢。"陈省华听后生气地说："这太不像话了，竟然还敢骗人！"说完就气呼呼地转身走了。

陈省华急急忙忙地找到儿子陈尧咨，劈头就问："你是不是把那匹烈马卖了？"陈尧咨正在得意，以为父亲会夸赞他呢，便马上说："是啊父亲，而且我还卖了个高价呢！"这时陈省华怒斥道："你这个混账，还敢大言不惭地炫耀,你身为朝廷重臣,怎么能颠倒是非,哄骗别人买你的烈马呢?"陈尧咨委屈地说:"父亲,我又没有强迫他买,是他自己看中那匹马的,他愿意买,我就顺手卖了,我又不是故意骗他的。"陈省华说道:"人家买马是为了运货,还要经历长途跋涉,这你是知道的,你应该告诉他这马的烈性。"陈尧咨自知理亏,嘟囔着说道:"他来买马时,马就站在那里,我只让他自己随便看,随意挑,是他自己没看出这马性子烈。而且那商人觉得这匹马长得最强壮,心里想占便宜才买走的,也不能全怪我啊。如果我不卖给他,他还会觉得我小气呢!"父亲听了陈尧咨的狡辩后更生气了:"你读了这么多年的书,怎么连修身齐家的道理都没学懂?身都未修好,还怎么做老百姓的官?我看我们陈家的名声早晚要毁在你的手里!"陈尧咨见父亲很生气,便低头不语,过了好一会,父亲难过地说:"都是为父的过错,从小我只顾教你读书诵经,习文写作,却忽视了教你做人的道理了。你手下那么多驯马高手都收服不了那匹烈马,一个赶路的商人如何能管治得了它呢?你不把实情告诉人家,就是明摆着要哄骗人家。到时候,他要真的用那匹烈马运输,损失的就不仅仅是买马的钱,还有可能伤及性命和货物!此事要是传扬出去,人家都知道是你故意把这匹马卖出去的,那你的地位和名声就岌岌可危了。"陈尧咨听后非常后悔,羞愧地对父亲说:"父亲,儿子知错了,您老别生气,我这就去把那马追回来,把钱退还给商人,要是真的给他造成了损失,儿子愿意全力赔偿。"

于是,陈尧咨亲自找到了那个买马的商人,说明了原因,郑重地向他道了歉,并把钱退给了人家,最后得到了那个商人的谅解。陈尧咨把马牵回来以后,谨记父亲的教诲,再也没有动过卖马的念头,一直把马养到了死。

胸有成竹

北宋时期，有一个著名的画家，名叫文同，字与可，素以擅长画竹子而远近闻名，他以墨色深浅描绘竹子的远近和向背，以浓墨为面、淡墨为背，开创了墨竹画法的新局面，形成墨竹一派，文同也因此有"墨竹大师"之称。

文同画竹非常注重体验，为了画好竹子，他在自己家的房前屋后种上了各种各样的竹子，无论春夏秋冬，刮风下雨，他都要去竹林观察竹子的生长变化情况，仔细琢磨竹枝的长短粗细，叶子的形态和颜色，每当有新的感受就回到书房，铺纸研墨，把心中的印象画在纸上。

有一回，天空刮起一阵狂风，紧接着电闪雷鸣，眼看着一场暴雨就要来临。人们都纷纷地往家跑，可坐在家里的文同却抓过一顶草帽，急急忙忙地往外跑去，刚走出大门，倾盆大雨就哗哗地下了起来。文同一心要看风雨中的竹子，跑到竹林里，也没顾上抹一下流到脸上的雨水，就两眼一眨不眨地观察起竹子来了。只见风雨中的竹子，被吹得弯腰点头，左右摇摆，竹叶沙沙作响，文同细心地把竹子受风雨吹打的姿态都记在心头。

日积月累，文同对竹子进行了细致入微的观察，竹子在四季当中的形态变化，在阴晴雨雪中的姿态变化，在白天和黑夜中的颜色，不同种类的竹子有什么不同等，他都摸得一清二楚。所以只要凝神提笔，在画纸前一站，平日观察到的各种形态的竹子就立刻浮现在眼前。因此每次画竹，文同都显得非常从容自信，画出的竹子，无不逼真传神。当人们夸奖他画的竹子时，文同总是谦虚地说：“我只是把心中琢磨成熟的竹子画下来罢了。”

　　后来有位青年想学画竹，得知诗人晁补之对文同的画很有研究，便前往求教。晁补之写了一首诗送给他，其中有两句：“与可画竹,胸中有成竹。”后来，“胸有成竹”就成了一句成语，用来比喻人们在做事之前已做好充分准备，对事情的成功已有了十分的把握；又比喻遇事不慌，十分沉着。

程门立雪

　　北宋时期，福建将东县有个进士名叫杨时，从小就聪明伶俐，4 岁时便入学，7 岁就能写诗，8 岁能作赋，人们都称他为神童。杨时 15 岁时攻读经史，善于写文章，熙宁九年考中了进士。杨时读书刻苦，而且特别喜好钻研学问，为了丰富自己的学识，杨时毅然放弃了高官厚禄，跑到河南颖昌拜程颢为师，虚心求教。程颢和程颐兄弟俩是当时著名的哲学家和教育家，北宋理学的奠基人，被人们称为"二程夫子"。杨时起初师从于程颢，后来程颢去世了，杨时又拜程颐为师，在洛阳伊川所建的伊川书院中求学。那时，杨时已经 40 多岁了，学问也已经很高了，但他仍然谦虚谨慎，尊师敬友，不骄不躁，深得程颐的喜爱，被程颐视为得意门生，得其真传。

　　有一天，杨时和同学游酢因为对问题有不同的看法，为了弄清楚问题，他俩便一起去向程颐请教，却不巧赶上老师正在屋中闭目养神，坐着睡着了。杨时便劝告游酢不要惊醒老师，于是两

人便恭恭敬敬地站在门口，等老师醒来。当时正值隆冬季节，天寒地冻，浓云密布，没多久，外面就飘起了鹅毛大雪，而且越下越大，杨时和游酢却还立在雪中。冷飕飕的寒风肆无忌惮地灌进他们的领口，他们的手脚很快就冻僵了，游酢实在冻得受不了，几次想进去叫醒程颐，都被杨时阻拦住了。两人在门外等了大半天，直到程颐一觉醒来，才发现门外赫然站着两个雪人，全身上下都披着厚厚的一层雪，脚下的积雪也已经有一尺多厚了，程颐赶忙起身把他俩迎进屋，心疼地说道："外边雪这么大，你们怎么不进屋呢？"杨时望着程老师慈祥的面容回答道："老师，您在休息，我们怎么能惊动您呢！"这件事让程颐深受感动，便更加尽心尽力地教杨时，杨时也不负重望，终于学得了老师的全部学问，成为著名的学者。

后来，杨时学成后回到南方传播程氏理学，逐渐形成自己的独家学派，被人们称为"龟山先生"。他"程门立雪"的故事，也被后人用来赞扬那些虔诚求教、尊敬师长的学子，成为尊师重道的千古美谈。

人间织女黄道婆

"黄婆婆，黄婆婆，教我纱，教我布，两只筒子两匹布。"这是一首在上海一带曾经十分流行的民谣，其中所唱的"黄婆婆"便是我国历史上著名的"棉神"黄道婆。

黄道婆又名黄婆、黄母，生于宋末元初时的松江乌泥泾，也就是今天的上海。她出身于贫苦的农民家庭，在生活的重压下，十二三岁就被卖给人家做了童养媳，受尽公婆和丈夫的百般虐待。黄道婆白天要下地干活，晚上还要织布到深夜，几乎很少休息。有一次，因为劳累过度，黄道婆织布的速度慢了点儿，公婆和丈夫便对她一顿毒打，然后把她锁在柴房里不准吃饭、睡觉。年幼的她再也无法忍受这种非人的折磨，决心要逃出去另寻生路。半夜，黄道婆在房顶掏出了一个洞逃了出去，躲在一条停泊在黄浦江边的海船上，后来就随船到了海南岛南端的崖州。

当时崖州聚居了很多黎族百姓，他们看见黄道婆只身流落异乡，衣衫褴褛、面容憔悴，都对她非常同情，便纷纷伸出援手帮助她，使她在崖州安顿了下来。黄道婆不仅勤劳而且非常好学，她跟黎族人民一起劳动生活，逐渐得到了大家喜爱。当时，崖州盛产木棉，当地的植棉方法和纺织技术都比较先进。黄道婆看到黎族人不仅棉花种得好，而且纱也纺得好。他们织布的工具轻巧，织的布又细又好看。于是，黄道婆便认真跟黎族姐妹学习，不久，她就把一整套植棉的方法和纺织技术都学会了。不仅如此，她还将黎汉两族人民纺织技术的长处融合在一起，改进了一些方法和技术，逐渐成为一个出色的纺织能手，在当地大受欢迎，和黎族人民结下了深厚的情谊。

　　黄道婆在崖州生活了三十多年，但是她还是会常常思念家乡。终于，在老年的时候，黄道婆毅然搭上顺道的海船，回到了故乡，回到了乌泥泾。黄道婆重返故乡时，植棉业已经在长江流域大大普及，但纺织技术仍然很落后。她回来后，将崖州先进的植棉技术无私地传授给父老乡亲，使家乡的棉花产量逐渐提高。凭借自己几十年丰富的纺织经验，她一边教家乡妇女先进的棉纺织技术，一边又着手改革棉纺织生产工具，当时松江一带用的都是旧式单锭手摇纺车，功效很低，要三四个人纺纱才能供上一架织布机的需要。黄道婆就跟木工师傅一起经过反复试验，把用于纺麻的脚踏纺车改造成三锭棉纺车，使纺纱效率一下子提高了两三倍，操作也十分省力。她还为此设计出一套轧籽、弹花、纺纱、织布的操作方法，使这种新式纺车很容易被大家接受，在松江一带很快便被推广开来。在织布过程中，黄道婆又总结提高了织布中的"错纱、配色、综线、挈花"等织造技术，毫无保留地传授给家乡人民，这些成果极大地推动了松江地区棉纺织业的发展，使松江地区一跃成为我国当时的棉纺织中心。

　　在黄道婆和家乡人民的辛勤创造下，图案生动、色彩艳丽的"乌泥泾被"应运而生，不久便闻名全国，甚至远销欧美获得了很高声誉，为松江地区赢得了"衣被天下"的美名。黄道婆去世后，当地人民为了追念她的功绩，修建了祠堂纪念她，题名"先棉祠"，以供人们世代瞻仰。

李时珍著《本草纲目》

　　在我国历史上，有一部曾经影响世界科技进步的奇书，它不仅是一部药物学专著，而且内容还涉及植物学、动物学、矿物学、冶金学、地质学、物理学、化学以及天文学、气象学等领域。该书自 1593 年起，先后被翻译成日、法、英、德、俄等多国文字，在世界上广泛传播，产生了深远的影响，这部奇书便是《本草纲目》，它的作者是我国明代著名的医学家和药物学家李时珍。

　　李时珍，字东璧，号濒湖，湖北蕲州人，出身于三代相传的医户人家，祖父和父亲都是当地有名的医生。受家庭的影响，李时珍 24 岁开始学医，白天跟父亲去看病，晚上在油灯下熟读各种医学著作。由于他天资聪颖，刻苦学习，很快就掌握了许多治病的方法，医术进步很快，治愈了很多疑难杂症。他曾用杀虫药治愈了富顺王之孙的嗜食灯花病，又用延胡索治愈了荆穆王妃胡氏的胃痛病，后来又以附子和气汤治愈了富顺王王子的病症，因此远近闻名。在多年的行医实践中，李时珍深切体会到，做一名医生，不仅要懂医理，也要懂得药理，是否能准确无误地使用药物是治病的关键，这不仅关系到病人的病能否治好，甚至关系到病人的生死存亡。因此，他常常对历代的药物学著作都做过认真的研究和比较，仔细地研究药物的性味、毒性、功效等，更是结合实际对药物的形态进行反复鉴别。但在不断的研究中，李时珍发现古代的药书不仅有很多缺失和遗漏，而且对于有些药物的记载并非完全正确，这不仅会导致医生用错药物而贻误病情，甚至可能酿成人命关天的大祸。于是，他决心编一部崭新的"本草"医书，这部医术必须科学，也必须完整。

不久以后，李时珍受楚王的推荐，进入了北京太医院，担任太医院院判的职务。太医院中拥有大量外界罕见的珍贵医书资料和药物标本，这使李时珍大开眼界，一头扎进了书堆里，夜以继日地研读和摘抄，对各种药物的形态、特性、产地都一一加以记录。学习了一年时间，李时珍心系本草书的修订，便再也不愿耽误下去，借故辞职回了家。

李时珍回到家乡后，便把全身心的精力投放在编修《本草纲目》上面。为了修改本草书，他开始对各种医书上的不同记载进行调查研究，为了搞清形态相似的蘋、水萍和萍逢草，他长途跋涉到离家很远的马口湖、沿市湖、赤东湖进行采集，耐心地进行观察和比较，纠正了以往药书上的长期混乱。为了搞清白花蛇的形态，李时珍特地前往蕲州城北的龙蜂山捕蛇，他看到几个肩背竹篓的捕蛇人，正朝着几棵石楠藤走去，原来白花蛇爱吃石楠藤的叶，因此石楠藤也就成了白花蛇的家，日夜盘缠在石楠藤上，捕蛇人立即上抓住了蛇。李时珍走上前去仔细观察，只见白花蛇头大似三角形，嘴里长着4只长牙，背上有24块斜方格，腹部还有斑纹，与一般的蛇确实不一样。捉蛇人捕到蛇后，剖腹去肠，洗涤干净，截头弃尾，屈曲盘起，烘干之后才能作为药用，李时珍对这些过程都一一记录下来，了解得非常清楚。

李时珍不仅对植物药、动物药进行仔细的勘察，还对矿物药也做了认真研究。根据原来本草书的记载，"铅"是无毒的物质，李时珍为了了解铅的真正性

能，深入矿区对矿工们的健康进行调查，认识到铅是有毒物质，如果铅中毒会引起中毒性肝炎而出现黄疸症状，得出了铅"性带阴毒，不可多服"的结论。"水银"在以前的本草书记载是无毒的，而且称久服能成神仙，为长生不老之药。李时珍通过调查，认识到水银是由丹砂加热后分解出来的，如果将水银和硫磺一起加热，可以变成银朱，也就是硫化汞；如果水银加盐又可以变成轻粉，也就是氯化汞。由此，他记述水银是一种"温燥有毒"的物质，如果过量服用会中毒，驳斥了久服水银可以长生不老的无稽之谈。

通过大量的实地考察，李时珍认识到观察和实践的重要性，过去医书中的差错，就是因为作者没有亲自对药物进行实际调查而产生的。为此，他几乎走遍了各地的名川大山，行程不下万里，不断向有实际经验的农民、樵夫、猎户请教，细致地记录，谨慎地选取，纠正了前人书上很多失误的记载。同时，他又参阅了八百多部医药书籍，带领自己的学生、儿子和孙子，进行了三次细致的编订修改，呕心沥血整整 27 年，终于在 61 岁时完成了《本草纲目》的编撰。

《本草纲目》全书 52 卷，共 190 余万字，分为水、火、土、金、石、草、谷、菜、果、木、虫、鳞、介、禽、兽、人等十六大部、六十类目，其中载录 1892 种药物的说明和应用，收医方 11096 个，插图 1109 幅，引用文献上自战国，下讫明万历年间，涵盖了两千多年的药物学知识，成为一部总结中国两千年来药物学发展的传世名著，为我国医学史的发展做出了伟大的贡献。《本草纲目》不仅记载了 16 世纪以前的中国药物资源，还记载了一些从海外，如波斯、印度及地中海等地区传入的天然药物及其相关知识，对世界自然科学的进步做出了卓越的贡献，被欧洲科学家誉为"从中世纪科学向近代科学转型时期，具有近代科学精神的最高水平的古典科学杰作"。英国生物学家达尔文认为它是"中国古代的百科全书"，英国著名科学史家李约瑟曾认为：明代最伟大的科学成就，是李时珍那部在本草书中登峰造极的著作《本草纲目》，并评价李时珍达到了与伽利略等人等同的水平。

徐霞客志在天下

说到我国古代的游记，则以《徐霞客游记》最为著名。徐霞客，名弘祖，号霞客，字振之，江苏江阴人，是我国明末著名的地理学家。徐霞客生于书香世家，祖辈都是仕途中人，而徐霞客的父亲因为对官场深恶痛绝，虽满腹经纶却誓不为官，每日畅游山水，淡泊自得。父亲的言传身教对年幼的徐霞客影响很大，使他从小就对枯燥乏味的八股文厌恶至极，因而总是把父亲的藏书偷偷带到私塾去读。书里的地理游记、名人逸事、风土趣闻让他爱不释手，以至有时候读着读着竟情不自禁地笑出声来，为此常遭先生训斥，还把他的"劣迹"报告给他的父亲，要求严加管束。谁知父亲知道后，不仅没有责怪徐霞客，还亲自介绍一些书籍给儿子读。得到了父亲的支持，徐霞客很快就荒废了学业，参加考试也名落孙山，彻底将功名利禄抛到了九霄云外，一心只想着"遍历九州、足登五岳"。

19岁那年，徐霞客想外出游历，寻访名山大川，但因为有老母在堂，所以未能成行。他的母亲知道后十分支持儿子的志向，便鼓励儿子说："身为男儿丈夫，应当志在四方。你想去就去吧！到天地间去舒展胸怀，广增见识。不要因为我在，就像篱笆里的小鸡，套在车辕上的小马，虽留在家园，却无所作为。"徐霞客听了母亲的话非常感动，终于下定决心去四海远游，这一年他22岁。临行前，他头戴母亲为他做的远游冠，肩挑简单的行李，挥泪跟家人告别，从此离开了家乡。

从离开家乡伊始，一直到他56岁逝世，徐霞客绝大部分的时间都是在旅行考察中度过的。他在没有官府资助的情况下，先后游历了江苏、安徽、浙江、山东、河北、河南、山西、陕西、福建、江西、湖北、湖南、广东、广西、贵州、云南等十六个省区，足迹遍布五湖四海。东到浙江的普陀山，西到云南的腾冲，南到广西南宁一带，北至河北蓟县的盘山，行程涵盖大半个中国。在34年的旅行考察中，徐霞客对地理、水文、气候、地质、植物、农业、名胜古迹等进行细致观察，并作详细记录。他寻访不知名的穷乡僻壤，或是人迹罕见的边疆。他不避风雨，不怕虎狼，与长风为伍，与云雾为伴，以野果充饥，以清泉解渴。途中他几番遭遇生命危险，可谓出生入死，尝尽了艰辛，终于写出了天台山、雁荡山、黄山、庐山等名山游记17篇和《浙游日记》《江右游日记》《楚游日记》《粤西游日记》《黔游日记》《滇游日记》等著作，除佚散者外，遗有60余万字游记资料，被整理成《徐霞客游记》。

《徐霞客游记》是我国最早一部详细记录地理环境的游记，也是世界上最早记述岩溶地貌并详细考证其成因的书籍。在游记中，徐霞客详尽记载了岩洞的分布情况以及它们的高度、深度和宽度，并对石笋、石钟乳的形成做出了符合科学的解释，他说："崖间有悬干虬枝，为水所淋漓者，其外皆结肤为石，盖石膏日久凝胎而成。"认为那是由于滴水蒸发后的碳酸钙凝聚而成。徐霞客根据自己观察到的各种现象，对石灰岩地貌进行类比总结，指出了不同区域间的区域特征。在西南地区，他除了对石灰岩地貌进行考察外，还对峰林、圆洼地、溶水洞、地下暗流的特征和成因，都作了生动而确切的描述，并且已经涉及到岩石性质和地质构造的范围。

除此之外，他还实地考察了云南腾冲的火山遗迹，科学地记录与解释了火山喷发出来的红色浮石的质地及成因，对地热现象的详细描述也是我国最早的。在记游的同时，徐霞客对所到之处的人文地理情况，包括各地的居民生活、风俗人情、经济、交通、城镇村落、少数民族和风土文物等，也作了精彩记述，具有一定历史学、民族学价值。

　　《徐霞客游记》不仅是系统考察祖国地质地貌的地理名著，又是描绘华夏风景的旅游巨篇，开辟了地理学上系统观察自然、描述自然的一代之风，其文字优美、如诗如画、栩栩如生，被后人誉为"世间真文字、大文字、奇文字"，成为享誉中外的"千古奇书"。

郑成功收复台湾

明朝末年，明王朝腐败无能，统治岌岌可危，而此时的欧洲列强正在崛起，荷兰人趁我国内忧外患之际乘虚而入，侵占了台湾的南部地区，后来逐渐侵占了整个台湾。这些荷兰殖民者不仅霸占了台湾的海滩，还修筑了城堡，并对台湾人民进行了残酷的剥削和镇压。

1661年，我国明末清初著名的军事家、爱国英雄郑成功决心从荷兰人手中收复宝岛台湾。郑成功是福建南安人，自幼习文练武，精通兵法，善于练兵，他训练的"虎卫亲军"是震惊中外的"铁人"队伍。1661年3月，郑成功亲率大军，带领万艘战船，浩浩荡荡地从厦门出发，横渡台湾海峡，开始了收复台湾的战斗。

经过暗中侦察，郑成功发现由外海进入台湾的水道主要是大港，距离比较近，而且水比较深，大船可以通行无阻，但也正因如此，荷军派主力防守，所有的航道全在荷军的炮火控制之下。除此之外，进入台湾另一水道是鹿耳门港，那里航程比较远，港门狭窄，暗礁淤滩星罗棋布，水又很浅，大船很难通过，退潮时只能通行小船，因此荷兰人只派1名伍长和6名士兵驻守，郑成功决定在此处登岛，直插赤嵌城，然后再各个击破。4月2日，郑成功率领战船借助海水涨潮之际，出其不意的在鹿耳门港登陆，打得荷兰人措手不及，不到两小时，郑军全部上岸。荷军对郑军的突然登岛一无所知，惊慌之下急忙出动4艘战船向郑军船队攻击。而郑成功以六十艘战船包围了荷军的四艘战船，集中火力对敌扫射，将荷军的三艘战船击沉，另外一艘仓皇逃走。郑成功一路率兵乘胜追击，打得荷兰人落荒而逃，最后只能躲在赤嵌城里不敢出来。

赤嵌城是荷兰人在台湾岛上修筑的城堡，供给主要靠城外提供，了解到这一情况后，郑成功命人切断了赤嵌城的水源，城里的荷兰人便主动投降了。盘踞在另一座城堡台湾城的荷兰人不敢出来应战，采取拖延之计，以待援兵。其间，荷兰总督揆一派使者送信给郑成功，表示愿送白银十万两，请求郑成功撤兵，放弃台湾城。郑成功斩钉截铁地说："台湾一向是中国的土地，必须归还，你们如果赖着不走，我们就把你们赶出去！"

为了逼荷兰人投降，郑成功命令士兵在城外挖壕、设障、安置大炮，将台湾城团团围住，在围困了八个月之后，郑成功下令发起了猛攻，荷兰人走投无路只好投降，郑成功终于打败了荷兰殖民者，收复了台湾，捍卫了祖国的领土完整。1662年，荷兰殖民者在投降书上签字，从此离开了台湾。至此，荷兰殖民主义者侵占我国台湾长达三十八年的历史宣告结束，台湾重新回到祖国的怀抱。

林则徐虎门销烟

　　19 世纪上半叶，清朝的封建统治日渐衰败，而与此同时，西方列强正在崛起，其中以英国的工业发展水平最高。为了开辟国外市场推销工业品，掠夺廉价的工业原料，英国把侵略的目标指向我国。当时我国国内仍然是自给自足的自然经济，英国的工业产品在我国几乎无人问津，而我国的丝绸、茶叶、瓷器等商品在英国销量很好，在与英国的正常贸易中我国处于出超地位，大量白银流入我国。为了扭转贸易逆差的不利局面，英国开始把鸦片偷运到我国，进行罪恶的鸦片走私贸易，给我国带来巨大危害。

　　鸦片是一种毒品，俗称"大烟"，并不是正当的商品。英国政府禁止鸦片在国内销售，却鼓励商贩向我国走私。鸦片的输入，使英国资本家赚得盆满钵满，而我国的白银却大量外流，加剧了清政府的财政危机。更严重的是，当时上至达官贵族，下至普通士兵、平头百姓都在吸食鸦片，严重地摧残了吸食者的体质，甚至已经危及到清朝的统治。

　　看到这样的景象，以林则徐为代表的大臣们开始上书道光皇帝，请求严禁鸦片，林则徐指出："如果不赶快禁止鸦片，几十年后，恐怕没有能作战的士兵，也没有可以充作军饷的白银了。"为了解决这个问题，1838年底，道光皇帝任命禁烟派首领林则徐为钦差大臣，前往广州查禁鸦片。林则徐是福建福州人，曾任江苏巡抚和湖广总督，他看到鸦片的危害，提出了配制断瘾丸、强迫吸食者戒绝、大举搜查烟枪土膏等六条禁止鸦片的办法。1839 年 3 月，林则徐在广州一面整顿海防，一面开展禁烟，惩办吸毒贩毒罪犯，收缴烟土烟枪，并通令外国烟贩三天内必须交出所有鸦片，

并保证以后永不夹带入境，否则一经查出，不仅要没收鸦片，人也要被逮捕治罪。一开始，外国烟贩们千方百计地拖延，还妄图收买林则徐。林则徐不为所动，坚定地表示："若鸦片一日未绝，本大臣一日不回，誓与此事相始终，断无中止之理！"林则徐的这些举措，得到了广州各界群众的大力支持和拥护，城乡各地纷纷呈缴烟具，揭发检举鸦片贩子，禁烟运动迅速高涨。最终，在林则徐和广州人民的强大压力下，英美商人被迫交出鸦片237.6万余斤。

随后，林则徐决定把收缴的鸦片在虎门海滩当众销毁。1839年6月3日，虎门海滩被人们围得水泄不通，在林则徐主持下，被收缴来的鸦片全部集中于虎门海滩前的两个大池内，用卤水和石灰泡浸，并不停搅拌，池水沸腾，不炊自燃，使之再也不得合成膏，等海水涨潮时，随浪送出大海，全部销毁。许多外国商人看到这惊心动魄的场面，都非常震惊，他们恭恭敬敬地走到林则徐的台前，摘下帽子，躬身弯腰，以示敬畏。林则徐对他们说："现在你们都看到了，天朝禁烟极严。希望你们回去以后，转告贵国商人，从此要专做正当生意，不要违犯天朝禁令，走私鸦片，自投罗网。"商人们垂手敬听，连声称是。虎门销烟整整进行了23天，直到6月25日，近两万箱鸦片被全部销毁，大大振奋了人心。虎门销烟是我国人民反对外国鸦片侵略的一次伟大胜利，维护了我国的尊严和利益，向全世界展现了中华民族反对外来侵略的坚强意志，领导禁烟运动的林则徐，是当之无愧的民族英雄。

谭嗣同舍生取义

　　为国捐躯，不只是在战场上才有，那些为使祖国富强起来和恶势力斗争的义士，同样表现了视死如归的精神。1898 年 9 月 28 日下午 4 点，在北京宣武门外菜市口的刑场上，临时竖起了六根木柱，木柱上捆绑着六个堂堂屹立的好汉，其中一个横眉冷对，气宇轩昂。当铡刀放到他面前时，他面不改色，反而对着上万名围观的群众大声高呼："有心杀贼，无力回天；死得其所，快哉快哉！"一时间，围观者无不为其视死如归的豪情壮志所感动，铡刀动了，英雄就义，围观者潸然泪下，这位英雄就是为维新变法献身的"戊戌六君子"之一、杰出的维新志士谭嗣同。

　　谭嗣同字复生，又号壮飞，湖南浏阳人，1865 年 3 月生于北京一个世代官宦的家庭，父亲谭继洵，官至湖北巡抚。谭嗣同从 10 岁起，就拜浏阳著名学者欧阳中鹄为师，后又在当时名扬幽燕的侠客大刀王五门下学艺。从欧阳中鹄和大刀王五身上，谭嗣同不仅学到了广博的知识，精湛的武艺，而且接受了他们的要求变革现实的思想。在欧阳中鹄的影响下，谭嗣同又钻研了王夫之、黄宗羲等人抨击封建专制主义，要求进化的著作，爱国的火种在他年少的心灵中就已播下了。

　　1894 年，中日甲午战争爆发，由于清政府的腐败无能和妥协退让，中国战败，签订了丧权辱国的《马关条约》。深重的民族灾难，使谭嗣同对帝国主义的侵略义愤填膺，坚决反对签订和约。在变法思潮的影响下，谭嗣同苦思精研挽救民族危亡的根本大计，立志救国救民，决心致力于维新变法。他与唐才常等人在浏阳创办新学，并撰文提出变法主张，又倡导开矿山、修铁路，宣传变法维新，推行新政，首开湖南维新之风。为追求新思想，学习新知识，他于 1896 年北游访学，对资本主义生产方式和自然科学发生兴趣。在访学中，还遍交维新之士，结识了梁启超，并通过梁进一步了解到康有为的维新思想观点。他和康有为等人提出变法的主张，却遭到了封建顽固派的激烈反对。谭嗣同看出变法的艰难，对朋友们说："就是杀身灭族，我也不会改变主张，中国只有闹到新旧两党流血遍地，才有希望，不然真是要亡国了。"

1898 年 6 月 11 日，光绪帝下诏宣布变法，颁布了一系列革新政令，这便是历史上的"戊戌变法"。其目的在于学习西方的文化、科学技术和经营管理制度，发展资本主义，建立君主立宪政体，从而使国家富强。康有为、谭嗣同等人是这次改革运动主要助手，参与新政。不料新政仅持续了 103 天，慈禧太后就发动了政变，不但囚禁了皇帝，而且下令对维新派进行残酷的镇压。大家都劝谭嗣同赶紧逃走，可他决绝地说："各国的变法，没有不流血而成功的。现在中国还没有人为变法而流血，这是国家不能强盛的原因。如果要有人流血，那就从嗣同开始吧！"他决心为变法流血，用自己的牺牲来唤起后来者的觉醒。

24 日，拒绝逃走的谭嗣同在浏阳会馆被捕，在狱中，他毫无惧色、镇定自若，在牢房的墙壁上还创作了著名的诗句："望门投止思张俭，忍死须臾待杜根。我自横刀向天笑，去留肝胆两昆仑。"9 月 28 日，年仅 33

岁的谭嗣同与杨深秀、杨锐、林旭、刘光第、康广仁五位志士英勇就义于北京宣武门外菜市口，世称"戊戌六君子"。

为了天下苍生的自由和幸福，为了自己的理想和祖国的强盛，谭嗣同献出了宝贵的生命，犹如一颗闪亮的流星光耀后世，在人民心中树立了一座不朽的丰碑。1899 年，谭嗣同的遗骸运回原籍，葬在湖南浏阳城外的石山下，墓前华表上写道："亘古不磨，片石苍茫立天地；一峦挺秀，群山奔赴若波涛。"

詹天佑修铁路

　　1872 年的中国正处在内忧外患之中，清政府的腐败无能让国家危在旦夕，外国侵略者的虎视眈眈更让中国雪上加霜。为了挽救自己的统治，清政府在西学兴起之际，分四批选派了 120 名少年去西方留学，这些孩子平均年龄只有 12 岁，被称为"留美幼童"。若干年后，在这些孩子中间出现了许多对中国很有影响力的人物，其中之一就是闻名中外的京张铁路总工程师——詹天佑。

　　当时，年仅 11 岁的詹天佑通过考试成为了第一批留美幼童，他的人生也因此有了重大转折。去往美国后，詹天佑和同学们一起住在美国家庭中，努力学习中西文化，正是在这种中西合璧的文化熏陶下，詹天佑很快成长为一个聪颖的翩翩少年，并考取了著名的耶鲁大学，选择了土木工程作为自己的专业，开始系统接受工程师的培训，从此与铁路工程结下了不解之缘。时局的变动总是很突然，在詹天佑和同学们留美学习九年之后，他们突然被清政府紧急召回，留美计划就此终止了。

　　回国后的詹天佑一心想用自己所学的知识造福祖国，可当时时局动荡，他被迫来到了福建海事局，成为了一名航海员，整整七年没有从事自己心爱的铁路工程师工作。然而命运总是会垂青那些发奋努力的人，经别人介绍，詹天佑在 1888 年得到了一个机会，成为了新成立的中国铁路公司的一名工程师，也是我国第一名铁路工程师。在他热爱的领域里，詹天佑开始大展拳脚，先后修建了塘沽到天津的铁路，天津至山海关的铁桥等等艰

巨工程。

此时，清政府提出了修筑京张铁路的计划，但由于从北京到张家口的这段铁路将成为联结华北和西北的交通要道，于是，一些帝国主义国家纷纷出面争夺铁路的修筑权，希望以此借机进一步控制我国北方，特别是沙俄与英国的竞争最为激烈，谁也不肯相让。事情争执了很久也没有定论，帝国主义国家觉得这条铁路修建起来比较困难，于是又采取了不闻不问的态度，理所当然地认为如果没有他们资金与技术的支持，中国的铁路根本不会动工，最后还得向他们妥协。结果，帝国主义国家这次打错了算盘，清政府打算自己修筑铁路，任命詹天佑为京张铁路的总工程师，并声明：这条铁路完全由中国人自己修筑，不会雇佣一个外国工程师。消息一传开，全国都轰动了，国人都认为詹天佑是给中国争光了，那些帝国主义者却认为这是个笑话，中国的工程师怎么可能独自完成连他们都觉得艰巨的工程。当时有一家外国报纸甚至写道："中国能在南口以北修筑铁路的中国工程师还没有出世呢！"

原来，要修建的京张铁路全长 200 公里，要穿越八达岭，不仅地势险要，而且到处都是悬崖峭壁，外国人认为这样艰巨的工程，连外国著名的工程师都望而却步，中国人无论如何也不会完成的。面对帝国主义者的质疑，詹天佑只是坚定地表示："中国一定会有自己造的一条铁路。"自从接受了任务，詹天佑就投入到忘我的工作中，他先是带着工作队勘探路线，哪里地势适合架桥，哪里得开山，哪里要把陡坡铲平，这些他都经过了精密计算。他们勘探的环境常常非常恶劣，不是狂风怒号就是黄沙满天，一不小心还有掉下深渊的危险，可不管怎样詹天佑都坚持亲力亲为，不出丝毫的差错。他还常常虚心请教当地熟悉地形的农民，以便找到最合适的铁路路线。在前期精细的测量之后，铁路终于要开建了，可新的问题又出现了。铁路要经过许多高山，开凿隧道是解决的办法，但是居庸关和八达岭因为地势极其险要，怎么开凿隧道成了当务之急。经过反复现场探测和测算，詹天佑依据居庸关地势高、岩浆厚的地势，决定采取从两端同时向中间开凿的办法，先从山顶往下打一口竖井，再从两头分别开凿，这样的施工整整把工期缩短了一半，成为当时的一个创举。詹天佑另外一个创举就是"人"字形线路，原来的铁路路线有一段是要经过青龙桥附近，而青龙桥附近坡度特别大，火车怎么才能爬上这样的陡坡呢？詹天佑依据这种山势，就设计出了一种"人"字形路线：北上的列车到了南口就用两个火车头，一个在前边拉，一个在后边推。过青龙桥，列车向东北前进，过了"人"字形线路的岔道口就倒过来，原先推的火车头拉，原先拉的火车头推，使列车折向西北前进。这样一来，火车上山就容易得多了。

在詹天佑的带领下，京张铁路最后用了不到四年的时间就全线竣工，比原计划整整提早了两年，成为第一条完全由我国的工程技术人员设计施工的铁路干线，被外国工程师视为"不可能的奇迹"。1909 年 8 月 11 日，京张铁路全线通车时，举国欢庆，被压迫已久的中国人终于扬眉吐气，詹天佑用出色的成绩有力回击了帝国主义的冷嘲热讽。今天，如果你乘火车去八达岭，路过青龙桥车站，就会看到一座詹天佑全身站立的铜像，面对着"人"字形的岔道，寄托了人们无限的敬仰与爱戴，成为这位杰出的爱国铁路工程师的永久纪念。

梅兰芳蓄须明志

京剧是我国的国粹，而在西方人眼中，京剧的代名词就是梅兰芳。梅兰芳先生不仅是享誉世界的"梅派"京剧表演艺术家，更是我国著名的爱国志士，在抗战期间他蓄须明志，坚决不为日本人唱戏的崇高气节被大家广为传颂。

梅兰芳名澜，又名鹤鸣，字畹华，艺名兰芳。1894 年生于梨园世家，长期居住在北京，8 岁开始学习京剧，10 岁时就已经登台演出了。经过长期的舞台实践，梅兰芳的演出技艺愈发娴熟，他主演旦角，也就是京剧中的女性角色，唱腔温婉、动作华美，看他演出的人常常被他的表演所震撼和折服。为了弘扬京剧艺术，梅兰芳曾先后出演日本、美国等国家，基本上场场爆满，有时还得加场表演。

1931 年，日本人侵略东北，东三省完全沦陷，"九·一八"事变爆发，梅兰芳对此义愤填膺，他连夜排演了《抗金兵》《生死恨》等剧，以戏示今，用来鼓舞士气，宣扬爱国主义。戏一上演，就叫好叫座，得到人民群众的热烈欢迎。1937 年 8 月 13 日，淞沪战事爆发，日寇占领了上海。当得知享誉世界的京剧名旦梅兰芳住在上海时，他们就打起了梅兰芳的主意，派人请梅兰芳做电台讲话并表演节目，想借此收买人心。梅兰芳很快察觉到日寇的阴谋，他一面用外出演戏的托词托住日军，一面携家率团连夜乘船离开上海奔赴香港。

为了掩人耳目，梅兰芳到港后，深居简出，极少露面。离开了心爱的舞台，为了消磨时光，他开始画画、打太极拳、学英语、看报纸，那是一段艰苦的时光，但是梅兰芳却能苦中作乐。然而，好景不长，很快日军就侵占了香港，梅兰芳实在担心日本人又来找他演戏，与妻子商量再三后，索性采取了一个大胆的举措，罢歌罢舞、蓄起了胡子。果然没多久，知道梅兰芳在香港的日本人又来邀请他演出，而且还要他表演日本统治香港后繁荣景象的戏曲，梅兰芳以自己蓄起了胡子，不适合演女性角色为由，拒绝为日本人演出，可是日本人这次坚决要求梅兰芳演出，幸亏此时梅兰芳患了严重的牙病，半边脸都肿了，日本人获悉后无可奈何，只好作罢。经过这次事件，梅兰芳感觉到香港也已经不安全了，又立即坐船返沪，回到阔别三年多的上海老家。让梅兰芳没想到的是，回到上海，特务头子吴世宝又提出要请梅兰芳给汪精卫政府做慰问演出。幸好梅夫人从中斡旋，并想到使用牙痛的方法才驱走了特务。

长期蓄胡罢演的梅兰芳由于没有了赚钱来源，家庭生活渐渐举步维艰，最后不得已以卖画度日，这件事传出去后，上海各界人士都为梅兰芳的义举所感动，提出要为梅兰芳办画展。然而，定于重阳节的国画展却遭到了日伪汉奸的破坏，他们把梅兰芳的画用大头针别上纸条，分别写着"汪主席订购"、"冈村宁次长官订购"……还有一些写着"送东京展览"。梅兰芳夫妇目睹此景，气得火冒三丈，拿起桌上的裁纸刀，刺向一幅幅图画……顷刻间，梅兰芳苦心勾勒的国画便化为了碎纸。

梅兰芳义愤填膺的毁画举动，很快传遍全国，他大气凛然的民族气节也为世人所敬仰，大家纷纷支持他的爱国行动。梅兰芳看到全国人民对他如此赞赏和支援，感动得热泪盈眶。

画展被破坏后，梅兰芳的生活更加拮据，他卖了北京的房子和自己的一些藏品，也开始向亲友借钱，老画家叶誉虎得知他的情况，就提议与他合作，再办一个国画展览，突出梅、竹的主题，以扩大社会的影响。梅兰芳在沦陷的上海，克服重重困难，经过八个月的苦战，画出了170多件作品，涉及包括仕女、佛像、花卉、松树、梅花等在内的多领域题材。最终，于1945年春天，同叶誉虎的作品一起在上海成都路中国银行的一所洋房

里展出，受到广大参观者的好评。这次展览的作品最后大部分被卖掉了，梅兰芳用它还了债，安排了生计，还资助了剧团的其他人。

1945 年抗战胜利了，日本侵略者宣布无条件投降，梅兰芳剃掉了蓄了八年的胡须，换上了整洁的西装，脸上露出了灿烂的笑容，他重新登上阔别已久的舞台，排演了大量精彩绝伦的佳作流芳后世。他用高超的艺术成就和不屈不挠的刚骨气节，向世界展现了一名中国艺术家的高尚情操和色彩斑斓的戏曲人生。

齐白石画虾

西班牙艺术大师毕加索曾说：“我不敢去你们中国，因为中国有个齐白石。”“齐白石真是你们东方了不起的一位画家！……中国画师神奇呀！齐先生水墨画的鱼儿没有上色，却使人看到长河与游鱼，那墨竹与兰花更是我不能画的。”

齐白石是我国著名的绘画大师，20 世纪 10 大画家之一，世界文化名人。他原名纯芝，号渭青、兰亭，别号白石、白石老人，出生于湖南湘潭的一个贫苦农家，几间破屋、一亩水田便是全部的家产。由于家境贫寒，齐白石少年时只读过一年书，平时只有在放牛砍柴之余才能读书习画。1877 年，年仅 13 岁的齐白石开始跟叔祖父学做木匠，后来改学雕花木工。在做木工之余，齐白石就以一些画册为师，学习画花鸟和人物。25 岁时，他拜民间艺人萧芗陔为师学画肖像，后来又师从文少可、胡沁园、谭溥等人学画，逐渐走上绘画之路。

齐白石主张艺术“妙在似与不似之间”，形成独特的异国画风格，开红花墨叶一派，尤以瓜果菜蔬花鸟虫鱼为工绝，兼及人物和山水，以其淳朴的民间艺术风格与传统的文人画风相融合，达到了中国现代花鸟画的最高峰。齐白石一生创作勤奋，作画极多，其中最引人注目的便是画虾了。

齐白石画虾堪称画坛一绝，从小，他就生活在水塘边，对虾的形态和习性非常了解。14 岁那年，有一次他在水塘里洗脚，脚趾不小心被虾蜇得流了血，从那以后，齐白石就经常到塘边观察虾的姿态，慢慢地开始

模仿着画虾了。但齐白石真正把虾作为绘画对象，则是他50岁以后的事，这一阶段，他画虾主要是临摹古人，形态也比较单一。年过花甲之后，齐白石画的虾已经很相似，但他总觉得还不够"活"。于是，他便在碗里养了几只青虾，放在画案之上，每天都反复观察写生，细心勾勒，笔墨开始出现了浓淡变化，虾也有了质感和透明度，后来这富含神韵的虾便成了齐白石代表性的艺术符号。

齐白石的虾灵动活泼，机敏机警，栩栩如生，富有生命力。他通过悉心观察，掌握虾的特征，巧妙地利用墨色和笔痕表现虾的结构和质感，他用淡墨掷笔，绘成躯体，浸润之色更显虾体晶莹剔透之感。以浓墨竖点为眼睛，横写为脑，中间用一点焦墨，左右二笔淡墨，使虾的头部变化多端。而虾的腰部，连续数笔，一笔一节，形成了虾腰节奏的由粗渐细，不能多一笔，也不能少一笔。齐白石用笔的变化，使虾的腰部呈现各种异态，有直腰游荡的，也有躬腰向前的，体现了他高超的笔墨技巧。虾的一对前爪，由细而粗，数节之间直到两螯，形似钳子，有开有合。虾的触须用数条淡墨线画出，刚柔并济、凝练传神，显示了画家高超的功力。为了表现水中虾的透视感，齐白石所用的线条虚实相间、似断实连，群虾中不仅乱中有序，而且直中有曲，简略得宜，好像这些纸上的虾正在水中嬉戏游动，触须也在似动非动，妙趣横生，笔笔传神，展现了晚年齐白石画艺的成熟。

齐白石从眼中有虾，进而到心中有虾，完成了从形似到神似的过程。他不仅画出了虾有弹力的透明体，而且画出了虾在水中浮游的动势，更画出了虾的精神状态，可谓神形兼备。直到将近80岁时，白石老人笔下的虾终于以极简的笔墨，达到了出神入化、精妙绝伦的境地，成为世界美术史上的一个奇观。

徐悲鸿画马

"激昂的头，结实的骨骼和肌肉，矫健的腿，飞舞的鬃毛和尾巴，嘶鸣千里的气势。"这描写的是一匹马，但又不是一匹普通的马，而是著名画家徐悲鸿笔下的马。

画马在中国绘画史里独树一帜，从秦始皇陵中的兵马俑，到汉代画像砖石上的马，再到历代绘画大师笔下的马，可谓应有尽有，但其中最令人瞩目和熟知的，是近代画家徐悲鸿画的马。他笔下的马英俊豪放，独创一格，既有传统画马的功底，又吸收了西画的长处，无论奔马、立马、走马、饮马、群马，都赋予了充沛的生命力，为近现代画马开辟了蹊径。

徐悲鸿是我国著名画家、美术教育家，1895年7月19日出生于江苏宜兴一户普通人家。他的父亲徐达章是当地有名的民间画师，不仅精于绘画，而且擅长诗文、书法和篆刻。幼小的徐悲鸿耳濡目染，对书画产生了浓厚的兴趣，不到9岁，他便开始跟父亲学习绘画。20岁时，徐悲鸿独自来到当时商业最发达的上海，一边为人工作，一边以卖画谋生。1916年，徐悲鸿在友人的扶助下，考入了法国天主教会主办的震旦大学，他在那里半工半读，并在课余时间苦修素描。第二年徐悲鸿得到了留学日本学习美术的机会，不久后回国，任北京大学画法研究会导师。1919年，带着寻找中国艺术发展途径的使命，徐悲鸿赴法国巴黎留学，后又转往柏林、比利时研习素描和油画，并游历西欧诸国，观摩、研究美术作品，废寝忘食的悉心临摹。回国前，他送交法国全国美展的九幅油画全部入选，以中国画家的卓越才华和独特的东方韵味令法国画界瞩目和惊讶。

在绘画上，徐悲鸿主张现实主义美术，强调写实，提倡师法造化。他擅长于素描、油画和中国画，他把西方艺术手法融入到中国画中，创造了新颖而独特的风格。他的创造题材广泛，所做的画像无不落笔有神，栩栩如生，尤其擅长画马，这使他笔下的许多骏马图都成了艺术珍品。徐悲鸿喜欢画马，但不像古人那样热衷于画鞍马，他喜欢画野马，喜欢用野马豪放不羁的气质来抒发自己的情怀。徐悲鸿笔下的马几乎都没有马鞍和缰绳，不仅外形神骏壮美，而且带有一种自然的野性。为了画好马，徐悲鸿常常跟在马车后面，观察马行走时的姿态和肌肉变化。有一次，他因为两眼只顾盯着前面的马，忘记看脚下的路，结果重重摔了一跤，摔得手脚都破了皮。可是他连身上的尘土也顾不上拍，马上爬起来继续追赶马车。徐悲鸿画马入了迷，他几乎每天都要画马，在他睡觉的小屋里，墙上贴满了骏马图。

徐悲鸿画的马既有西方绘画中的造型，又有中国传统绘画中的写意，融中西绘画之长于一炉，笔墨酣畅、形神俱备。画中刚劲矫健、彪悍的骏马，独有一种精神抖擞、豪气勃发的意志，充满了积极向上的精神。徐悲鸿的奔马往往因时因事有感而作，激情寓于笔墨间，具有动人心魄的力量。在抗日战争爆发后，徐悲鸿数次去南洋举办义卖画展，宣传支援抗日，并把全部卖画所得的义款捐给因战争而流离失所的同胞们。当他在马来西亚举办义展募捐时，闻听长沙为日寇所占，国难当头，顿时心急如焚，连夜画出了著名的《奔马图》，在这幅画中，他运用饱满奔放的墨色勾勒马头、马颈、胸、腿等大转折部位，并以干笔扫出鬃尾，使浓淡干湿的变化浑然天成。马腿的直线细劲有力，犹如钢刀，力透纸背，而腹部、臀部及鬃尾的弧线又很有弹性，使其富于动感。整体画面前大后小，透视感强，而且前伸的双腿和马头有很强的冲击力，将奔跑之势呼之欲出，抒发了作者的忧急之情和爱国情操。

在徐悲鸿的笔下，一匹匹神态各异的奔马在广袤的土地上飞奔，有的腾空起飞，有的蹄下生风，有的回首顾盼，有的一往直前，仿佛都要破纸而出。徐悲鸿不仅画出了骏马的形态，更画出了马的神情和"日行千里"的气势，不愧为一代画坛宗师，令人敬仰。

李四光与石油大发现

　　上世纪二三十年代，以美国为代表的西方国家，为了掠夺矿产资源，曾派遣了很多专家学者来我国勘察矿产的蕴藏情况。1914 年，美国的一支打井队在他们认为最有希望找到石油的陕北到处打井，结果一连打了七口井却一滴油也没有找到。后来，美国美孚石油公司派专业的勘探队又来到我国，到处钻探打井，结果也是徒劳而返。很多外国人在中国的土地上转悠了一圈后，同样都两手空空而回。于是，他们得出了"中国贫油"的结论，还搬出了唯海相地层生油的理论，认为中国大地多为陆相地层，从岩石的种类和生成年代来看，不存在具有石油矿藏的可能性。从此之后，地大物博的中国便笼罩在"贫油"的阴霾之中，占世界人口 1/4 的中国人开始靠"洋油"过日子。

　　然而，这样的论断并没有维持很长时间，新中国建立后，一位科学家大胆发出了"中国不是贫油国"的声音，在他的带领下，我国相继找到了大庆油田、大港油田、胜利油田和华北油田等大油田，用有力的事实驳斥了外国人的论断，这位伟大的科学家就是被称为我国石油之父的李四光。

　　李四光，原名李仲揆，是我国著名的地质学家，他 1889 年出生于湖北省黄冈县一个贫苦家庭。14 岁那年，李仲揆告别了父母，独自一人来到武昌报考高等小学，就在填写报名表时，他误将年龄写在了姓名栏里，写下了"十四"两个字，随即灵机一动将"十"改成了"李"，在"四"的后面又加了一个"光"字，从此便以"李四光"传名于世。

李四光学习勤奋，刻苦钻研，后来进入英国伯明翰大学学习地质学，硕士毕业后回国任北京大学地质系教授，一面为国家培养地质人才，一面开展研究。新中国成立后，为恢复经济和进行建设，我国急需大量的石油。为了寻找石油，李四光运用自己创建的地质力学理论和方法，亲自主持石油普查勘探工作。他认为在我国的东部和南部，包括附近海域，有两个不同方向排列的规模巨大的构造带，一个是日本海—黄海—东海—南海构造带；另一个是松辽平原—华东平原—江泽平原—北部湾构造带。这两个构造带在地质史上都是沉降带，它们在长期的发展过程中不断沉降，而周围隆起的地区则不断提供泥沙在这里沉积下来，埋葬了原来生活在这里的大量低等生物，具备了很好的生油条件。与此同时，地壳的运动也使含有石油的地层发生扭动，使石油聚集在一些地方，这样就形成了有开采价值的油田。

1956年，中央根据李四光的意见，将找油工作从原来的西北—隅向东部转移，在松辽平原、华北平原开始石油大会战。事实证明，李四光的分析是科学的。经过几年的奋战，我国石油勘探取得了重大突破，先后发现了大庆、胜利、大港、华北、江汉等油田，不仅摘掉了我国"贫油"的帽子，也使李四光独创的地质力学理论得到有力证明，而且为我国石油工业的发展做出了重大贡献。

人民的数学家

"科学的灵感，决不是坐等可以等来的。如果说，科学上的发现有什么偶然的机遇的话，那么这种偶然的机遇只能给那些学有素养的人，给那些善于独立思考的人，给那些具有锲而不舍的精神的人，而不会给懒汉。"这句勉励大家的名言来自我国伟大的数学家华罗庚。

华罗庚是我们熟悉的数学家，他是中国一代知识分子的杰出代表，在解析数论、典型群、矩阵几何学等许多领域都有着卓越的成就。他积极提倡应用数学，将数学理论和生产实践结合起来，致力于用数学理论为实际应用做贡献，被誉为"人民的数学家"。

华罗庚于 1910 年 11 月 12 日出生在江苏省金坛县一个贫困家庭，父亲开了一间小杂货铺维持家人生计。华罗庚初中毕业后，便因贫困而被迫辍学。回到家中的他一面在父亲开的杂货店帮忙，一面顽强地坚持自学数学，仅用了 5 年时间就学完了高中和大学低年级的全部数学课程。有一次，他发现苏家驹教授关于五次代数方程求解的一篇论文中有误：一个十二阶行列式的值算得不对，于是他把自己的计算结果和看法写成题为《苏家驹之代数的五次方程式解法不能成立的理由》的文章，投寄给上海《科学》杂志社。1930 年，此文在《科学》杂志上发表，这时华罗庚年仅 20 岁。后来，这篇论文正巧被清华大学数学系主任熊庆来教授发现，熊教授爱才心切，经过多方打听终于找到了华罗庚，并邀请他来清华大学工作，华罗庚的人生轨迹就此改变。

华罗庚起初在数学系当助理员，他除了每天完成整理图书资料、收发文件等本职工作外，全部心思都扑在了数学研究上。勤奋好学的华罗庚只用了一年时间，就把大学数学系的全部课程学完了，学问大有长进。第二年，他就破格升任助教，很快又晋升为讲师。1936年，华罗庚得到了赴英留学的机会，他来到了剑桥大学。20世纪声名显赫的数学家哈代，早就听说华罗庚很有才气，他对华罗庚说："你可以在两年之内获得博士学位。"可是华罗庚却回答说："我不想获得博士学位，我只要求做一个访问者。我来剑桥是求学问的，不是为了学位。"两年中，他集中精力研究堆垒素数论，并就华林问题、他利问题、奇数哥德巴赫问题发表了18篇论文，其中最引人注意的就是改进哈代结论的"华氏定理"。华罗庚的研究成果引起了国际数学界的注意，英国人邀请华罗庚留下教书，然而，听闻国内爆发抗日战争的华罗庚却放弃英国给的优越条件风尘仆仆回到祖国。就是在那段遭受日本人狂轰滥炸的艰苦岁月里，华罗庚依然不放弃数学研究，写出了《堆垒素数论》这本在数学领域有广泛影响的著作。

1946年，华罗庚应邀去美国讲学，并被伊利诺大学高薪聘为终身教授，他的家属也随同到美国定居，生活十分优越。当时，很多人都认为华罗庚不会再回来了。但当1949年新中国成立后，华罗庚毅然决定放弃美国的一切返回祖国，美国政府知道后不惜重金挽留，在华罗庚拒绝之后，又制造了层层阻碍，但这些都阻挡不了华罗庚回国的决心。终于在1950年，他带着一家五口乘船离开美国，回到了香港，并在香港发表了著名的《致中国全体留美学生的公开信》，动员大家回国参加社会主义建设。他在信中袒露出了一颗热爱祖国的赤子之心："梁园虽好，非久居之乡。归去来兮……为了国家民族，我们应当回去……"虽然数学没有国界，但数学家却有自己的祖国。

华罗庚从海外归来，受到党和人民的热烈欢迎，他回到清华园，被任命为数学系主任，不久又被任命为中国科学院数学研究所所长。从此，开始了他数学研究的黄金时期：他的论文《典型域上的多元复变函数论》获国家发明一等奖，并先后出版了中、俄、英文版专著；1957年出版《数论导引》；1963 年他和学生万哲先合写的《典型群》一书出版……同时，他满腔热情地关心、培养了一大批数学人才，如陈景润、王元、万哲元等一批世界知名的数学家，带领他们不断攻克难题，建造了一个有世界影响的"中国数学界"。

从初中毕业到人民数学家，华罗庚走过了一条曲折而辉煌的人生道路，这位"人民的数学家"，为他钟爱的数学事业奉献了毕生的精力与汗水，为祖国争得了极大的荣誉。

怀揣赤子之心的钱学森

　　1955年初秋的一天，一艘从美国旧金山开往香港的邮轮停靠在洛杉矶港口，一对中年华人夫妇，携着一对儿女匆匆登上了甲板。当轮船缓缓离开港口驶向大海时，这个中年男人长长地嘘了口气，他终于要回家了，为了这次归程，他准备了整整五年。这个男人便是我国著名的工程物理学家、我国航天事业的奠基人、导弹之父——钱学森。

　　钱学森是上海人，1934年他考取了清华大学的公费留学生，并于1935年夏天赴美留学。经过十年的不懈努力，钱学森在空气动力学和超音速飞行方面取得卓越的成就，使他在28岁时就成为世界知名的空气动力学家，36岁时便已成为麻省理工学院最年轻的终身教授，是当时世界一流的火箭专家，因发表了"时速为一万公里的火箭已成为可能"的惊人火箭理论而誉满全球，在美国是屈指可数的杰出人才。

　　钱学森在美国事业有成，生活优越。然而，大洋彼岸祖国的风云变幻，却时时牵动着他的赤子之心。当中华人民共和国宣告成立的消息传到美国后，钱学森和夫人蒋英按捺不住内心的喜悦，商量着早日赶回祖国效力。1950年，筹划已久的钱学森带着家人准备登上即将开往香港的美国"威尔逊总统号"海轮，继而转乘加拿大太平洋公司的飞机回国。然而就在此时，美国已掀起麦卡锡主义的反共浪潮，钱学森被无端怀疑为共产党。根据美国国防部的指示，美国海关非法扣留了钱学森的行李和书籍，移民局通知他不得离境。美国一位海军次长甚至恶狠狠地说："我宁肯把钱学森枪毙了，也不让他离开美国。他知道的太多了，一个人可顶五个师的兵力！"由于政治上的原因，他们不愿意看到一个极具军事价值的世界一流火箭专家回到新中国。9月9日，美国联邦调查局逮捕了钱学森，把他关押在特米那岛上的拘留所进行残酷地折磨，这使钱学森一个月内瘦了三十多斤。移民局抄了他的家，拘留了他14天，直到收到加州理工学院送去1.5万美金的巨额保释金后才将他释放回来，但仍然对他进行严密监视。

　　然而，美国当局的蛮横阻挡并没有拦住钱学森的归国之心，他和夫人蒋英继续采取各种方式进行抗争。回到加州理工学院后，钱学森潜心进行工程控制论的研究，1954年在美国公开出版了30余万字的英文《工程控制论》。钱学森之所以进行这项研究，一方面是以此显示中国人在工程技术上的才华，另一方面则是要让美国当局看到他已经改变了原来致力喷气推进的研究方向，消除他们不让回中国的借口。夫人蒋英是一位在中国出生、曾到德国留学的歌唱家，她十分理解丈夫的处境和心情。那时候，美国联邦调查局的人员经常闯入钱学森的办公室和住地。为了防止意外，她不惜荒废了自己的专业，毅然留在家中操持家务，以便照料丈夫和孩子。在那艰难的岁月里，钱学森总是在家里放好三只轻便的小箱子，以便随时可以动身回国。

　　钱学森在美国受到迫害的消息很快传回国内，国内科学界的人士纷纷通过各种途径声援钱学森，党中央对钱学森在美国的处境也极为关注，新中国政府公开发表声明，谴责美国政府在违背本人意愿的情况下监禁钱学森。1955年6月，钱学森摆脱特务的监视，在一封写在小香烟纸上寄给比利时亲戚的家书中夹带了一封给时任全国人大常委会副委员长陈叔通的信，恳切要求中国共产党和政府帮助他回国，信件很快转送到了周恩来总理的手上。1955年8月1日，中美两国在日内瓦举行大使级会谈，就两国侨民问题进行了具体的商谈。中国方面以释放11名美国飞行员战俘的条件并亮出钱学森来信要求协助回国这一铁证，要求美国方面不再阻挠钱学森等中国留美人员回国。在中国政府的交涉下，美国移民当局最终不得不同意放行钱学森。

　　被美方扣留了 5 年的钱学森，终于在 1955 年从旧金山登上了"克利夫兰总统号"轮船启程回国了，轮船抵达香港后，钱学森受到来自祖国的科学家们的热烈欢迎。随即搭乘火车转往内地，回到了魂牵梦萦的祖国。钱学森回国后，为我国导弹和航天事业做出了巨大贡献，使我国导弹、原子弹的发射至少向前推进了 20 年，钱学森也因此被西方人誉为中国的"导弹之父"。

常香玉捐飞机

　　豫剧是我国各地域戏曲之首，其形式多样、派别纷呈、风格迥异，素以唱腔铿锵大气、抑扬有度、韵味醇美著称，而其中影响较大、流传较广、最受群众喜爱的当首推豫剧泰斗常香玉的唱腔艺术。

　　常香玉是我国著名的豫剧表演艺术家，她的表演刚健清晰，细腻大方，栩栩如生，主演了许多我们耳熟能详的剧目，比如《花木兰》、《战洪州》、《白蛇传》等等。同时，她也是一位伟大的爱国艺术家，在上世纪50年代初，她和她的香玉剧社为国捐献飞机的义举感动了许多人。

　　那是在抗美援朝刚开始不久的1951年，有一次，常香玉从广播中听到了这样一条消息，中国的志愿军战士在朝鲜战场上因为遭到了敌军百余架敌机的狂轰滥炸而全部牺牲。自从听到这条悲痛的消息，28岁的常香玉就忧心忡忡，悲愤难以抑制，想到死去的那些战士可能和自己一样大，也许比自己还要小，那一个个鲜活的生命就这样消失在敌机无情的炮火之下，她的内心就无法平静。一夜未眠之后，次日早上，她对丈夫陈宪章说："敌军用敌机就消灭了咱们一个连的战士，武器装备对打仗太重要了，我们没有武器装备就只能被动挨打，那些志愿军在朝鲜打得太艰苦了，我们不如捐献一架飞机给在朝鲜打仗的战士们，你说好不好？"丈夫陈宪章听完后当即表态："好啊，那咱们现在就筹划。"

　　捐飞机是个好主意，可当时年纪轻轻的常香玉只是"香玉剧社"的一个小社长，怎么才能有钱捐一架飞机呢？当剧社的人知道她有这种想法后，

就有师傅向她泼冷水："你哪有钱捐飞机啊，一架飞机最少要旧币15亿元，我看你连一架机关枪也未必捐得起啊！"可性格倔强的常香玉并没有理会旁人的质疑，她经过反复的琢磨之后，决定通过义演的方式来筹钱买飞机，她对剧社的人说："虽然我自己没有多少钱，但是我们可以进行义演啊，只要有人看戏不就有钱了么？我们今天的新中国是多少战士用鲜血换来的，现在国家和战士需要我们的捐赠，我们应该倾其所有，咱们义演半年不行就一年，一年不行就两年，我就不信我凑不出钱捐飞机。"常香玉的爱国热情不仅感动了剧社的人，还感动了当时的西安市委书记赵伯平和市长方仲如。不久，中共中央西北局书记习仲勋也知道了此事，他告诉常香玉，就用向志愿军战士捐赠飞机的名义来义演，还派了三名同志去协助常香玉的义演捐赠工作。

有了上级的肯定与支持，常香玉心里更有底了，为了更好地演出，她把家里的房产和卡车都卖了，甚至掏出压箱底的私房钱来作为义演的基金，为了方便演出，她把自己的三个孩子也送到了保育院里。随后，她就率领59名剧社的演员踏上了义演捐赠的征程。临行前，她带着大伙儿庄严承诺，义演所有的钱都用于为志愿军购买飞机，自己与剧社的演员分文不取。剧社就这样从西安出发，一路南下，途径开封、郑州、武汉、广州、长沙等地进行了长达半年的巡回义演活动。由于被常香玉的爱国热情打动，剧社所到之处几乎场场爆满，观众从四面八方涌来，踊跃加入到捐款队伍当中。常香玉和她的剧社就这样马不停蹄，省吃俭用，日夜兼程地辗转于各地。

直到1952年2月，"香玉剧社"圆满完成了捐赠飞机的义演活动，总共演出180余场，募捐到15.27亿元旧币，常香玉把募捐得来的钱为朝鲜战场的志愿军购买了一架战斗机，战斗机被命名为"香玉剧社号"，并很快被送往了朝鲜战场，投入到使用当中。在这之后，常香玉还带领剧社去往朝鲜，为那些志愿军战士做过慰问演出。常香玉义演捐飞机的事在全国引起很大的轰动，并引起了毛主席的关注，在一次看完常香玉演出后，毛主席握着她的手动情地说："你这个常香玉了不起嘛！我应该向你学习。"

林业英雄马永顺

　　在我国的林业英雄谱中，马永顺的名字格外耀眼。1950 年，他是全国著名的伐树英雄；50 年后，他是闻名遐迩的植树模范。半个世纪以来，他的命运始终与树木森林联系在一起，成为两个时代的林业英雄。

　　1914 年出生的马永顺，23 岁时到东北林区当伐木工人，受尽了日本监工的折磨。东北解放后，34 岁的马永顺来到黑龙江省铁力林业局，从旧日的"臭苦力"成为新中国的第一代林业工人。建国初期，百废待兴，黑龙江林区成为我国重要的物资供应基地。可是冬天的小兴安岭极度寒冷，气温在零下三四十摄氏度，上山伐树作业要在齐腰深的积雪里进行。即使这样，仍然挡不住马永顺当家做主的工作热情。在那个异常寒冷的冬天里，他用一把斧子、一把锯，手工采伐木材 1200 立方米，一个人完成了六个人的伐木量，创造了全国手工作业伐木的最高纪录，从此威震兴安岭。

　　马永顺是个扎实苦干的人，而且还是个善于琢磨总结经验的人。采伐作业时，伐木工都是站在地上伐木头，这样就会造成留下的树根过高，浪费了木材。为了降低伐木的高度，多出木材，马永顺就先用手把树根周围的积雪扒开，然后一条腿跪在地上，把锯紧挨树根底部进行采伐。马永顺的左腿以前受过伤，每次跪着采伐，就会使伤口裂开，疼痛万分，可他仍然一声不响地咬牙坚持。从站着采伐到跪着采伐，这一改变使伐根由过去的六七十公分高降到十公分以下。东北林区推广了这种做法后，一年中就为国家增加了 1400 多万元的财富。

随着林业生产的发展，林业工人的队伍也在不断扩大，由于伐木方法不当，总是会发生一些生产事故，生产效率也受到了影响。马永顺就边伐木边琢磨，对自己用过的十多种放树方法，逐个进行试验和比较，总结出一种既安全又有效率的放树方法——"安全伐木法"，很快便在林区推广开来。马永顺不仅伐木技术好，而且他锉锯也有高招，附近的工友们都来找他锉锯。为此，马永顺常常干到深夜，逐渐总结出一套四季锉锯法。就这样，马永顺创造的《安全伐木法》和《四季锉锯法》成了全国手工采伐作业的教科书。这些经验在全省林区推广以后，使采伐的劳动效率普遍提高了 35% 至 50%，他创建的马永顺工组高产安全伐木 35 年，成为黑龙江省林业战线的一面红旗。

1951 年，马永顺光荣地加入了中国共产党，并多次被评为劳动模范。1954 年，马永顺的工组提前 15 个月完成第一个五年计划，在 1959 年的全国群英会上，周恩来总理握住马永顺的手，亲切地对他说："你们林业工人，不但要多生产木材，支援国家建设，还要多栽树，搞好绿化，实现青山常在，永续利用！"从此以后，马永顺便开始上山义务植树造林，每年春天的山岗上，总能看到马永顺忙碌的身影。上班前、下班后，甚至中午休息时，都能看到马永顺在种树。他算过这么一笔账：几十年来，他大约采伐了 36000 多棵树，如今，他要上山栽树，把自己伐的树木都补上，还上这笔账！

然而，一个人要义务种植这么多树，谈何容易。但马永顺坚持着，在每年的植树季，他利用所有的空闲时间，带着老伴做的干粮，在山上一干就是一天，不到天黑不回来。到 1982 年退休时，马永顺还差 8000 棵树还没有栽。有人对他说："你辛苦了大半辈子，也该享享清福了，没事打打麻将、钓钓鱼，别再种树了。"马永顺却说："我是林业工人，过去主要是伐木，现在正好有时间栽树了，我才刚刚上岗啊。"1991 年，马永顺已是 78 岁高龄的人了，他仔细算了一下，还差近千棵树没有还上采伐的"欠账"。他开了一个家庭会议，动员全家人跟他上山植树造林。当年春天，马永顺率领全家三代 18 口人组成"马家军"，来到荒山坡上植树造林。经过全家人的努力，共栽下 1500 多棵落叶松树苗，终于帮助马永顺完成了心愿。

马永顺的夙愿实现了，但他依然带领"马家军"造林不止，到 1999 年，"马家军"在荒山上栽植树苗已达 5 万多棵。马永顺用他毕生的心血描绘了一幅绿色画卷，用崇高的精神铸造了一座绿色丰碑，受到人们的尊敬。

老百姓的好局长

1964年，在郑州一个普通工人家中出生了一名小女孩，父母希望孩子长大后能像彩霞一样美丽动人，取名任长霞，谁也没想到，若干年后这个名字能够响彻中华大地，被世人传颂。

1983年，从警校顺利毕业的任长霞如愿被分配到郑州市公安局中原分局，开始了自己的警察生涯。因其出色的业务表现，强烈的责任心，任长霞一路从预审员、技侦支队支队长走到了登封市公安局局长的位置，成为河南省公安系统有史以来第一位女公安局局长。

在任长霞2001年被任命为登封市公安局局长之初，人们很不理解，原来，登封市经常大案要案不断，积案数不胜数，在河南省公安局业内也是"赫赫有名"，这样一个治安棘手的地方却选派了一个瘦弱的女子接任公安局长，大家怎么能理解呢？面对人们的质疑，任长霞默不作声，只想用实际行动来赢得人们的信任。经过认真思考，任长霞开始从两方面来整顿登封市的治安：一方面通过微服私访发现警察队伍中现存的不负责任和违反纪律现象，通过警示和竞聘上岗的方法整顿警察队伍，使整个警察队伍振奋起来。由过去"吃干饭"队伍变成了"干实事"队伍，老百姓满意度大大提高，社会秩序明显好转，业内评比也由倒数一下跃升至第五名。另一方面，针对登封市大案要案积案多的实际，她把侦破大案要案当作最重要的任务，组织干警开展了"百日破案会战"。

特别是面对在登封白沙湖畔非法拘禁、敲诈勒索、打杀无辜、民愤极大的黑社会性质犯罪团伙时，任长霞通过缜密侦查、巧施计策，组织干警将66名团伙成员全部收入法网，让百姓拍手叫好。就是凭着对工作的认真负责和过硬的业务能力，一起又一起命案被告破，使社会秩序大为改观，老百姓也由最初对任长霞的质疑转为了信任，都说登封来了一位"女神警"。

任长霞看到老百姓对她的态度有所转变，心里踏实多了，为了让老百姓过上安生日子，她第一次成立了专门用来解决群众反映强烈问题的"控申专案组"，主要帮群众解决多年来一直上访无果的案件。她定周六为局长接待日，专门亲自接待上访的群众，在登封工作的3年多，她从未间断接见，处理了3000多人的来访。她还开展了"百名民警救助百名贫困学生"的活动，使得126名贫困生重回课堂。在她的带动下，登封市公安局三年来帮助群众做了许许多多实实在在的好事，出台了60多项便民利民措施，受益人群面极广，警民关系也变得十分融洽，上访者越来越少，公安局收到的感谢信、牌匾越来越多。登封市公安局还被评为"河南省人民满意的执法单位"，老百姓也时时记着任长霞一点一滴的好，把她叫作"登封市的女儿"、"老百姓的好局长"。

不幸的是，2004年4月14日晚，任长霞在去郑州向上级汇报一桩重大案件案情后，返回登封的路上发生了车祸，并最终于15日凌晨因抢救无效而殉职，年仅40岁。这突如其来的意外，震惊了每一个登封人，全城都沉浸在悲痛中无法自拔。在追悼会当天，14万来自各界的人民群众自发赶到现场，送他们最敬爱的任局长。英雄已去，品格留芳，任长霞用自己短暂的一生诠释了对人民的深情厚谊，践行了"立警为公，执政为民"的忠诚，将浩然正气和缤纷的彩霞留在了人间。

高原上的白衣圣人

1963年夏天，一个年轻的小伙从扬州医专毕业，怀着依依惜别的深情，告别了美丽的扬州，一路西行，经过漫长的跋涉，终于来到了"世界屋脊"帕米尔高原，走进了我国版图上最西端的县——新疆维吾尔自治区乌恰县，成为了一名光荣的医生，而这一干就是五十年。

五十年中，这个小伙就像一株坚韧的胡杨扎根高原，救助了无数生命垂危的病人，为高原培养了一大批柯尔克孜族医生。他把全部的心血和关爱都献给了这里的人民，柯尔克孜族人民把他尊为"白衣圣人"，他就是吴登云。

1966年冬天，一位患功能性子宫出血的柯尔克孜族妇女住进了乌恰县人民医院，年轻的吴医生判断，这是严重的贫血，必须输血治疗。然而，要在这个柯尔克孜族占总人口70%的地方输血谈何容易，在柯尔克孜族人眼中，血液是灵魂的聚集，怎么可能给别人输血？而且在这家简陋的医院，甚至连血库都没有。望着奄奄一息的病人，吴登云最后决定抽自己的血。当吴登云伸出自己的手臂时，连护士的手都在发抖。很快，300毫升的鲜血从吴登云的体内流进了柯尔克孜族病人的身体，病人得救了。吴登云也从此开始了他的献血生涯，几十年来，他无偿献血三十多次，累计7000多毫升，相当于一个成年人全身血液的总量。

1971年12月，买买提明两岁的儿子在玩耍时扑进火堆烧伤，他怀抱着婴儿骑了两天的骆驼才来到乌恰县人民医院。吴登云一检查，发现婴儿

50% 以上的皮肤都被烧焦，生命垂危。面对惨不忍睹的小生命，吴登云一连十多天，守护在婴儿身边全力抢救。为了给婴儿植皮，吴登云先是向婴儿的父亲求助，但买买提明吓得惊恐万状，拔腿就跑。看着可怜的婴儿，想来想去，他决定从自己身上取皮。这个想法立即遭到了手术室护士的坚决反对，她们拒绝配合吴登云。救孩子心切的吴登云只好自己用酒精泡好刀片，给自己注射麻药，果断下刀，一共从腿上取下 13 块邮票大小的皮肤。接着，他又拖着麻醉的双腿走上了手术台，把自己的皮肤植到婴儿身上，挽救了这个婴儿。如今，这个被救的婴儿已是两个孩子的父亲了。

由于出色的工作成绩，1984 年吴登云走上了乌恰县医院院长的岗位，上任后的首要难题就是医务人员的短缺。为了留住人才，吴登云没少做工作，可乌恰县的条件实在差得太多。一位业务骨干对吴登云说："我非常敬佩您的精神，但我学不了您！"想来想去，吴登云觉得，要彻底改变乌恰县医务人员短缺的状况，只能立足乌恰实际，培养一批土生土长的柯尔克孜族医生。为此，他制订了一个详细的"十年树人"计划，开始到各乡镇卫生院培训人才。白天要上班没时间，他就利用晚上帮助柯族同志学习汉语。经过两三年的学习，汉语过关了，他就把他们送到自治区医院去进修，进修回来，他又手把手地传帮带。十多年来，经他培养的柯尔克孜族医务骨干就有五十多名，已经占到现在医院的 70% 以上，大大提高了医院的医疗水平。以前连阑尾炎手术都做不好的医院，现在几乎所有的常规手术都能做，给患者带来了福音。

2001 年，吴登云从医院的领导岗位上退了下来，但他还是脱不下他那身白大褂，每星期，他还要在医院值三天的专家门诊，一有时间他就去病房查看病人。他总是说："我只不过尽了一个共产党员应尽的义务，而党和人民却给了我这么高的荣誉。我只有做得更多，才能无愧于党和人民。"

公交线上的服务员

"各位乘客，您好！欢迎乘坐我们 21 路 1333 号车，您可能来自祖国的大江南北、四面八方，我将用北京人热情、好客的传统，为您提供周到的服务。途中，如果有什么困难、有什么要求，请不要客气，我会热心帮助您。"伴着扩音器里李素丽亲切的声音，公交车缓缓启动。从 19 岁成为一名公交售票员开始，李素丽在公交战线上已经工作了三十多年，几十年来，无论是过去当售票员还是如今作为"北京交通服务热线"中心的主任，李素丽始终践行着"一心为乘客，服务最光荣"的工作理念，真心实意为大伙服务，她用自己一点一滴的积累和全身心的投入，在平凡的岗位上做出了不平凡的事业。

说起李素丽跟公交的缘分，还要从她的父亲说起，李素丽的父亲原来就是一名公交车司机，在女儿当上公交售票员后，他总是嘱咐她要做好本职工作，公交车虽小，但却是首都形象的缩影，一定要尽量给乘客提供优质的服务。有了父亲的教育和同事的支持，年轻的李素丽逐渐爱上了售票员的工作。

李素丽所工作的公交线路是连接北京北站和西站的 21 路公交车，这趟公交车沿线 10 公里分布了 14 个车站，是沟通两地的热点线路，每天都会有许多南来北往的外地乘客乘坐。李素丽想到许多外地人也许就是通过这辆公交车来认识北京，接受北京人的第一次服务，因此她就对自己提出了要以"对内代表首都，对外代表中国"的精神为每位乘客服务。她还制定了"礼貌待客要热心，照顾乘客要细心，帮助乘客要诚心，热情服务要恒心"的服务原则和"多说一句，多看一眼，多帮一把，多走一步"的工作要求，不断用这些细致的标准来鞭策自己。

在李素丽的公车上，有几个醒目的大字——"乘客之家"，就是要给乘客有家一般舒适的感觉。公交车上乘客众多，每个人都有不同的需求，李素丽就针对不同的乘客给予各种不同服务。对于老弱病残孕，她总是主动搀上扶下，以避免摔倒磕碰；对于外地乘客不熟悉北京线路，她不仅有问必答还主动帮他们指路，到站及时提醒；对于爱玩闹的中小学生，她会及时提醒他们要注意公共秩序和交通安全；对于晕车的乘客，她会及时送上一个塑料袋；对于不小心碰伤的乘客，她会赶紧从自己准备的小药箱中拿出"创可贴"；遇到阴天下雨，她就为上下车的乘客撑起雨伞……乘客们正是从这些细枝末节当中体会着李素丽的关心与服务。除此之外，她还要善于解决公交车上的各种问题，特别是在早晚上下班高峰期间，车厢拥挤、嘈杂，小刮小碰在所难免，有时还会发生矛盾和口角。李素丽秉承"以礼待人、以情感人"的处事原则处理矛盾，常常因为她的几句话就化解了一个个矛盾。

1999年12月，凭借18年的售票工作经验，李素丽与23名姐妹共同组建了"李素丽热线"，专门为百姓出行和换乘车提供24小时的交通信息服务。热线建立之初，为了应对公交线路变化频繁的情况，李素丽组织热线工作人员利用业余时间走访线路，熟知全市700多条公交线路和900余处机关单位、旅游景点，使电话咨询做到得心应手。她还经常教导年轻的接线员要做到"衣着整洁仪表美、和蔼可亲语言美，热情周到服务美，敬业爱岗心灵美"这"四美"的标准，对每个群众来电，不管是询问路线还是寻求帮助，甚至是出气的电话，她都要求她们注意说话的语气和处理问题的技巧。付出总有回报，2008年7月，广受欢迎的"李素丽服务热线"升级为"北京交通服务热线"，工作人员也由最初的几十人发展到100多人，服务热线整合了地铁、公路、省际长途等多家交通行业的热线电话，覆盖了北京市的大交通，提供更加全面的信息服务，受到大家的欢迎，平均每

天接电话就达到 17000 余个，成为北京最"热"的一条服务热线。

几十年来，李素丽在平凡的岗位上兢兢业业，任劳任怨，用辛勤的汗水收获了荣誉。如今，她的工作依旧繁忙，肩上的担子也更重了，但无论工作岗位如何变化，她为人民服务的思想都没有改变。正如她自己所说："每一条公共汽车的线路都有终点站，但为人民服务没有终点站。我永远属于我的乘客，属于我的岗位。"